KB153968

남변의
세삼世三스러운
법法 이야기

남변의
세삼世三스러운
법法 이야기

남민준 에세이

크게 보면 모두 같은 사람이지만 들여다보면 모두 다른 각자의 개성 넘치는 삶을 담아보기 위해 썼던 글이 인터뷰 글이고, 『삼국지』 속 일화에서 출발해 우리가 사는 세상에서 일어나는 일을 법률적으로 살펴보기 위해 썼던 글이 『삼국지』와 관련한 얘기입니다.

우리가 살아가는 얘기를 담은 인터뷰에 비해 『삼국지』 얘기는 많은 법률 용어나 법적 표현을 담고 있어 상대적으로 어렵다는 평이 있었습니다. 책을 만드는 과정에서 여러 차례 쉬운 표현과 용어로 고치기를 반복했습니다만 고친 글을 확인할 때마다 필자의 모자란 글솜씨를 절감할 수밖에 없었습니다.

다른 책에서 저자가 자신의 글을 '졸필'이라 칭했을 때 저는 막연히 그것을 저자의 겸손함이라 생각했습니다만, 막상 제가 책을 만드는 과정에 참여해보니 '졸필'은 겸손함의 표현이 아니라 자신의 글을 세상에 내어놓고자 하는 저자가 그 글을 마주할 때마다 떠올릴 수 밖에 없는 자괴감의 표현이라는 생각이 들었습니다.

많이 모자란 글임에도 제 글이 세상의 빛를 볼 수 있도록 애써주신 강출판사 정홍수, 이명주 두 분을 포함한 여러 분들께 깊은 감사의 마음을 전합니다.

2023년 3월
남민준

차 례

1부

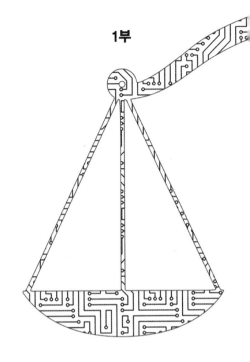

마음을 표현하는 것에
정해진 답은 없으니까

작가 나얼

가수잖아요? 맞습니다만 이번 인터뷰에서는 작가 나얼에 관해 얘기하려고 합니다.

'예술은 주관적 · 미적 체험을 일체의 형태 언어로 표현하는 행위'라는 개념 정의를 본 적이 있습니다. 그에 따르자면 그를 음악인이나 가수에 한해 칭할 것이 아니라 예술인이나 작가라 부르는 것이 맞겠다는 생각으로 최근 전시회를 열었던 그를 만나보았습니다.

당신의 사진전을 다녀왔다. 이미 미술, 사진 등의 분야에서 적지 않은 활동을 해온 것으로 아는데, 활동했던 분야 외에 새롭게 생각하는 영역이 있는지 궁금하다.

나얼 특별히 표현의 형태를 정하지는 않았다. 여행을 하다 어떤 장면이 마음에 들면 가진 휴대전화로 사진을 찍기도 하고 여행을 다녀온 후에라도 그때 느낌대로 작품을 만들기도 한다. 어떤 분야라기보다는 어떤 생각이 떠올랐을 때 그 생각을 표현하는 수단의 문제다.

당신이 아주 어렸을 때 그렸던 그림을 이용해 만든 작품을 봤다. 어머님께서 어린 시절의 그림을 꽤 모아두셨다고 들었다.

나얼 감사하게도 아주 어렸을 때 끄적이듯 그린 것들을 모아두셨다. 덕분에 그걸 이용한 작품을 만들 수 있었다. 그런 작품 중 하나를 본 모양이다.

굳이 시간적 순서로 얘기를 하자면 가수로 유명해지기 전부터 작가로서의 삶을 살았으니 작가 나얼이 가수 나얼보다 먼저일 텐데, 대중적으로는 가수로서의 유명세가 대단하다. 가수로서의 유명세가 작가활동에 방해가 되지는 않나.

나얼 생활을 하면서 느끼는 생각이나 떠오르는 감정을 표현하고 싶었다. 외부의 시선은 가수와 작가를 구분하지만 내게는 음악이든 미술이든 내 생각과 느낌을 표현하는 하나의 방법일 뿐이다. 방해라기보다는 '나얼이 미술도 해?'라는 반응이 조금 아쉬울 때가 있다.

　　집과 작업실의 인테리어도 직접 했다고 들었다. 재능 부자다.
　　남다른 감각을 타고난 건가.

나얼 증조할아버지께서 판소리를 하셨다. 어머니는 첼로를 연주하시고 고모와 이모도 미술을 하셨다. 이런 영향을 전혀 받지 않았다고 할 수는 없을 것 같다. 자주 접할 수 있었던 환경 덕에 미적 체험이나 감성을 표현할 수 있게 된 것도 같다.

　　매우 세속적이지만 현실적인 질문이다, 경제적 측면만을 생각
　　한다면 가수로서의 활동이 작가로서의 활동보다 나을 것 같다.

나얼 음악이든 미술이든 사진이든 모두 내 생각과 감성을 표현하는 방법이고 그것을 추구하는 것이 나의 생활이다. 경제적인 측면으로는 생각해보지 않았다.

얘기를 나누다 보니 인간 나얼의 삶이 궁금하다.

나얼 음악도 듣고 거리도 다녀보고 운동도 즐긴다. 무엇보다 성경 공부에 적지 않은 시간을 할애한다.

전혀 다른 삶을 사는 사람이라 생각했는데 많은 시간을 할애한 성경 공부를 제외하고는 나와 별반 다르지 않다. 어떤 운동을 하는가.

나얼 크게 다르지 않다. 피트니스 클럽에 가기도 하고 야외에서 운동을 하기도 한다.

실례되는 얘기지만 적지 않은 나이다. 야외에서 하는 운동이 힘들 수도 있겠다.

나얼 괜찮았다(웃음). 두어 달에 한 번 정도는 야외에서 운동을 한다.

무척 독실한 기독교인으로 알려져 있다.

나얼 그렇다. 내게 성경을 읽고 복음을 전하는 일은 굉장히 중요하다. 나의 작품에는 나의 생각과 감성이 들어 있기도 하지만 때로는 종교적 메시지나 교리가 담겨 있기도 하다.

특별히 어떤 의도나 목적으로 작품활동을 하지는 않지만 개인적으로는 나나 내 작품으로 누군가 구원을 받는다면 대단히 영광스런 일이라고 생각한다.

인터뷰가 끝난 후 그는 믿음에 관해 적지 않은 시간을 할애해 필자에게 그의 얘기를 들려주었습니다. 유달리 진지하고 열정적인 모습이 무척 인상적이었습니다.

> 최근 당신의 사진전을 다녀왔다. 작품 중 빛과 빛 때문에 생긴 그림자를 포착한 사진인데 상반되는 빛과 그림자임에도 덜 선명해서, 화면의 구도가 단순해서 개인적으로 좋았다. 제대로 감상했는지 궁금하다. 사실 나는 문외한이니 틀려도 웃지는 말아달라.

나얼 직관적으로 그 장면을 피사체로 찍고 싶어 찍은 사진들이다. 감상평에 정해진 답은 없다. 내가 아름다움을 느낀 것처럼 당신이 아름다움을 느끼고 거기에 이유가 있다면 그 이유가 바로 정답이다.

> 그리 얘기해주니 자신감이 생긴다. 사실은 내게도 당신이 선물

해준 작품이 하나 있다, 어떤 작품인지 설명 좀 부탁한다.

나얼 소장하던 LP에 함께 들어 있던 홍보나 설명을 위한 스티커들을 모아두었다가 그것들을 이용해 LP 모양으로 만든 「Long Play」라는 작품이다. LP로 상징화할 수 있는 음악산업을 표현했다.

당신에게 고민이나 스트레스의 원인이 있다면 어떤 것인가, 주로 자신의 생각이나 감성을 표현하는 일이라서 사람으로 인한 고민이나 스트레스는 상대적으로 덜하지 않을까 싶다.

나얼 특별한 고민이나 스트레스의 원인은 없다. 사람으로 인한 고민이나 스트레스도 덜하고. 고민이라기보다는 신앙생활과 좋은 작품을 만드는 일에 관해 항상 신경을 쓴다. 표현하려는 생각이나 감성이 제대로 표현되지 않을 때는 불만이 쌓이기는 하지만 그 역시 작품활동의 일부라 생각한다.

변호사인 내게 특별한 의미가 있는 사건처럼 당신에게 특별한 의미가 있는 작품이 있나.

나얼 그렇게까지는 생각해보지 않았다, 작품에는 소송처럼 승패의 결과가 없으니 조금 다르다는 생각이 든다. 모두 나의 작품이고 그 속에 표현된 생각과 감정이 다 달라서 어느 하나만을 고르기는 어렵다.

인터뷰에 자주 응하지 않는 것으로 알고 있다. 그럼에도 불구하고 오늘 특별히 시간을 내줘서 무척 감사하다. 이 자리를 빌려 특별히 다른 사람들에게도 전하고 싶은 메시지가 있나.

나얼 내 자신에 관한 얘기를 하면서 자연스럽게 복음에 관한 얘기를 할 수 있었다. 누군가 이걸 계기로 복음에 관심을 더 가진다면 그만큼 내게도 더 좋은 일이 아닐까 싶다. 그리고 앞서 얘기한 것처럼 나의 활동은 유명 가수의 취미생활이 아니라 그림, 사진, 음악 모두가 나를 표현하는 활동이니 많은 응원 부탁드리고 싶다.

○ ● ○

인터뷰를 준비하기 위해 사진전을 갔을 때 그가 직접 적은 글이 눈에 띄었습니다.

'그 순간들은 항상 곁에 있지만 신경을 쓰지 않으면 그저 스쳐 지나가는 일상일 뿐이다', '장비는 중요하지만 중요하지 않다. 대부분을 휴대폰 카메라로 찍는다. 매일 가지고 다니는 물건인 만큼 작정하거나 계획을 세우지 않아도 일상에서 달아나기 쉬운 순간들을 빨리 담아낼 수 있기에 그걸로 족하다', '셔터를 누르는 순간 이미 과거의 이야기가 돼버리는 그것들은 가슴이 아련해지는 묘한 매력이 있다'라는 그의 글을 보면서,

집중하지 않으면 순간 사라져 놓치게 되는 찰나의 아름다움마저 아까워하며 기어이 그 아름다움을 붙들어 간직하려는 집념이 작가 나얼의 머릿속에 자리하고 있다는 생각이 들었습니다.

성경을 읽으며 다른 사람에게도 복음을 전하고픈 그의 소망처럼 작가 나얼의 앞길에도 신의 가호가 함께하기를 기원하며 글을 마칩니다.

열정을 볶는 웍

셰프 이연복

필자는 이연복 셰프님을 만나기 위해 그가 운영하는 목란을 방문했습니다. 그 순간에도 주방에서 일을 하고 있던 셰프는 하던 일을 마무리하고서야 반갑게 필자를 맞아주셨는데요.

사전 조사를 하며 필자가 상상했던 그의 모습이 인터뷰를 통해 전해진 그의 모습과 크게 다르지는 않았습니다만 여전히 뜨거운 그의 열정만큼은 필자가 했던 생각, 그 이상이었습니다.

캔커피를 유독 좋아하는 이유가 궁금하다.

이연복 30년 전 했던 축농증 수술로 후각을 잃었다. 미각으로만 느끼기 때문에 좀 달달한 맛이 있는 게 좋기도 하고 보관하기도 편해서 캔커피를 많이 좋아한다(웃음).

학생들을 가르치고 있다. 그들에게 무엇을 전하고 싶은가.

이연복 조리법을 가르치지 않는 것은 아니지만 더 중요한 셰프의 마음가짐이나 자세를 전하려 한다. 어느 정도의 수준에 이르려면 힘든 과정을 거쳐 단단히 다져둔 기본이 꼭 필요한데 그 과정을 이겨낼 수 있는 마음가짐이나 자세!

아들과 함께 출연한 방송을 본 적이 있다. 아들의 요리에 대해 면전에서는 무덤덤했는데 따로 한 인터뷰에서는 흐뭇한 마음을 감추지 못하는 모습이었다.

이연복 (웃음) 대견했지만 면전에서 칭찬하려니 좀 멋쩍었고 혹시라도 아들이 자만할까 걱정스러웠다.

목란(木蘭)*이라는 가게 이름이나 다른 인터뷰에서 했던 얘기 속에 남다른 가족 사랑이 엿보인다. 그런데 또 어떤 모습은 옛

날 아버지처럼 무뚝뚝하기만 하다.

이연복 일을 하지 않을 때는 함께 가족 여행도 다니고 술 한 잔 곁들이며 즐겁게 지내는 편이다. 일과 관련해서는 좀 엄격한 편이다.

스승 없이 많은 시행착오를 겪은 경험 때문에 더 많이 가르쳐주고 싶었다. 그런 모습이 엄하게 다그치는 모습처럼 보일 수도 있겠다는 생각은 든다.

길냥이를 돌보거나 유기견을 입양하기도 했다.

이연복 모든 생명은 귀하다. 천대받고 굶주리며 사람이 두려워 숨는 길 위의 동물들을 보면 참 안쓰럽고 불쌍하다. 다행히 우리 동네에 길고양이를 돌보는 사람들이 있고 수의사 협회에서 사료도 지원해주셨다.

고양이를 잔인하게 해친 사람에게 정말 무섭게 화를 낸 적이 있다.

* 목란은 늙은 아버지를 대신해 전장에 나갔던 화목란(花木蘭)의 얘기에서 유래한 이름으로 그가 가족을 생각하며 정한 상호입니다.

이연복 그때는 화가 정말 많이 났었다. 귀한 생명인데 절대 그래서는 안 된다.

> 지금의 목란이 예약을 하기 힘들 정도로 성업 중인 점에 관해 무척 감사하면서도 '맥주를 따라서 넘친 느낌'으로 표현한 적이 있다. '유기동물을 돌보는 작은 가게'를 언급한 적도 있고. 매장을 늘려도 전혀 이상하지 않을 정도의 유명세에도 전혀 그럴 생각이 없어 보인다.

이연복 방송에 출연하는 건…… 재미가 있다(웃음). 여태 열심히 요리하면서 가게 관리에만 집중하며 살았는데 예능 방송에 출연해서 즐겁게 얘기하고 오면 스트레스가 풀린다. 휴무일인 월요일에 주로 출연한다. 휴무일이 아닐 때는 계속 신경이 쓰인다. 방송에 자주 보이니 내가 주방을 비울 거라고 생각하는 사람들도 있는데 난 항상 주방에 있다. 그래야 마음이 편하다. 출연 방송이 많다기보다는 재방송이 많다(웃음).

돈만 좇으면 결국 자신의 가치를 잃는다. 돈은 가치의 일부일 뿐이다.

젊은 시절 얘기 속에 '고고 타임'이나 '블루스 타임'이 등장한다.

나이트에서 밤을 새다 지각한 일화도 있고. 흥이 넘친다(웃음).

이연복 흥이 있다(웃음). 가게에 손님이 없을 때 준비하면서 노래를 부르기도 한다. 요즘엔 「테스형」이나 「애원」을 자주 듣는다.

혈기가 넘치던 젊은 시절의 이연복과 지금의 이연복은 어떻게 달라졌나.

이연복 열세 살에 일을 시작할 때는 돈이 목표였다. 굳이 포장할 필요 없이 그게 사실이다. 어린 나이에 학교를 그만둔 데다 한국 국적이 아니었던 내가 어딘가에 취직한다는 건 불가능한 일이었다. 그래서 가장 돈을 잘 벌 만한 일로 고른 것이 요리였다.

시작은 그랬지만 일을 하다 보니 일에 대한 애정이 생기더라. 본격적으로 찾아보고 노력하면서 연륜이 쌓였고 그 만큼 여유가 생겼다. 일본에서의 십 년을 거치면서 '웃으며 들어온 손님이 웃으며 나가는 가게'를 만들자는 생각을 하게 됐다.

거리낌이 없이 레시피를 공개하는 모습에서는 대가의 여유가 보이는데, 기본을 강조하는 엄격한 모습에서는 대가의 진지함도 보인다.

이연복 요리에 관해서는 타협할 생각이 없다. 방송 여건 때문에 요리에 연출이 필요한 경우도 있지만 그럴 때는 양해를 구하고 출연하지 않는다. 대가의 여유라기보다는……레시피를 안다고 해서 같은 요리를 만들 수 있는 건 아니다 (웃음).

적지 않은 어려움을 거쳐 현재의 자리에 올랐다. 그런 경험 때문에 다른 삶을 더 잘 이해할 수 있겠다는 생각이 든다. 토크쇼 진행자로는 최적의 요건이다.

이연복 주방을 지키는 게 좋다. 근래 부주방장이 없는 상태이기도 하고. 9월 무렵에 예정된 프로그램이 있다. 청소년들과 얘기하는 프로그램으로 알고 있다.

굉장히 날씬하고 젊어 보인다. 비결이 궁금하다.

이연복 바쁘지만 틈을 내 자전거를 탄다. 혈압이 약간 있어 해마다 건강 검진을 받는다. 바쁘게 다녀서 살이 덜 찌는 것 같다(웃음).

○●○

필자는 그를 만나 두 번 놀랐습니다. 필자가 그를 형이라 불러도 나이를 모르는 사람이 필자에게 '버릇없다'고 꾸짖지 않을 정도의 젊은 모습과 일에 대한 뜨거운 열정 때문인데요. 그런 열정이 지금의 그를 빚어냈다는 생각이 들었습니다.

그가 토크쇼를 진행하면 잘 어울리겠다고 생각한 이유는 그가 자신만의 힘으로 인생이라는 거친 산을 올라 지금의 자리에 섰기 때문입니다. 산을 오르며 얻게 된 그의 경륜은 자신만의 산을 오르고 있을 타인을 이해할 수 있는 지혜이기도 하니까요.

생명의 귀중함을 아는 호인(好人)이되 이유 없이 길고양이를 무참하게 죽인 자에게 불같이 화를 냈던 그는 참 멋있는 사람입니다.

돌아온 시티팝

가수 김현철

「춘천 가는 기차」, 「달의 몰락」 등등, 필자의 이십 대 시절 기억에서 절대 빼놓을 수 없는 명곡의 주인공인 김현철 씨가 다시 돌아온다는 소식에 설레는 마음으로 그를 만나보았습니다.

그의 얘기를 듣고 나니 가수나 작곡가라는 단어만으로 그를 표현할 수 없다는 생각이 들어 부득이 그의 이름만으로 첫 문장을 적었습니다. 평온한 내면의 세계가 자연스럽게 표출된 그의 삶을 몇 가지 단어로써 표현하기는 매우 어렵겠다는 생각이 듭니다만 가능한 선에서 그의 얘기를 전해볼까 합니다.

2006년 앨범 이후 2019년에서야 앨범이 나왔다.

김현철 예전만큼 가수로 활동하지 않았을 뿐이다. 라디오도 진행하고 학생들도 가르쳤다.

인터뷰를 준비하면서 아이들이 어렸을 때의 기사를 읽었다. 아이들의 자연스런 선택을 얘기한 글이었다. 이제는 아이들이 많이 자랐겠다.

김현철 고3과 고1인데 말을 안 듣는다(웃음). 아이들에게 꿈을 강요해 억지로 하고 싶은 걸 만들게 할 필요는 없다고 생각한다. 강요된 꿈은 나머지를 희생시킨다. 아이들에게 악기를 가르치긴 했다. 첫째는 기타를, 둘째는 드럼을 잘 연주한다(아빠 웃음).

본격적으로 가수활동을 다시 시작한 계기가 궁금하다.

김현철 계기라고까지 할 만한 건 없다. 그냥 뜸했고 다시 또 음반을 낸 거다. 후배 가수 죠지(George)가 「오랜만에」를 리메이크하면서 그의 콘서트 무대에도 서보고 홍대 앞에서 공연도 해봤다. 공연 전에는 요즘 대학생들이 내 노래를 잘 모를 거라 생각했었는데 내 노래를 따라 부르는 모습을 보고 좀 놀란 적이 있다.

학생을 가르치는 일은 어떤가.
김현철 가르치는 일이 재미있다. 내 생각이 맞나 싶을 때도 있지만 내 경험이나 생각이 학생들에게 도움이 되는 모습을 볼 수 있어 좋다. 가르친다기보다는 내 경험을 공유하고자 한다. 학생들과 함께 하는 경험은 내게도 도움이 된다.

10집에서 죠지와 함께 부른 「Drive」라는 곡의 전주를 듣는 순간 바로 '김현철!!!'이란 생각을 했다. 두 사람의 목소리가 닮았다.
김현철 「오랜만에」를 리메이크 하면서 죠지를 알게 됐다. 내 목소리인지 죠지의 목소리인지 나도 잘 모르겠다(웃음).

김현철을 검색하면 '시티팝(City Pop)'이라는 표현이 자주 등 장한다. 89년에 발표된 1집 앨범을 '시티팝'의 예로 들기도 하던데 시대를 앞서 나간 앨범이라는 평이 많았다. 경쾌하면서

세련되고 도시적인 느낌이다.

김현철 　다른 사람들이 '시티팝'이라고 이름을 붙이긴 했는데……(웃음) 89년에는 일본 음악이 한국에 들어오지도 않았다. 정해진 뭔가를 좇지 않고 그냥 내가 하고 싶은 음악을 했을 뿐이다.

90년대 후반에서야 일본 문화에 대한 전면적인 개방이 이루어졌습니다.

새로운 앨범이 나온다. 기대된다.

김현철 　「City Breeze & Love song」이 앨범의 제목이면서 메인 타이틀곡이다. 서브 타이틀곡은 「So Nice」고. City라는 단어만큼 Breeze라는 단어가 내 음악을 표현하기에 알맞겠다는 생각이 들어 지은 이름이다.

그가 녹음하는 모습을 보여준 덕분에 「So Nice」를 조금 들을 수 있었습니다. 살랑살랑 불어오는 바람(Breeze)처럼 산뜻하고 경쾌한 음악인데요. 「So Nice」에서 재현된 「오랜만에」의 기타 솔로를 듣고 있자니 마치 1989년의 그와 2021년의 그가 겹쳐지는 환영을 보는 듯한 착각이 들었습니다.

가족도 좋고 팬도 좋고. 누구에게든 전할 메시지가 있나.

김현철 어떤 메시지를 남길 만한 자격도 없고 굳이 그럴 필
요도 없다고 생각한다(웃음).

얘기를 나누면서 굳이 표현하자면 '내면의 평화' 같은 걸 느꼈
다(웃음). 뭔가를 인위적으로 하려고 하지도 않고 어떤 사건이
나 사물에 특별한 의미를 부여하려고 하지도 않는다. 그럼에도
굉장히 편안하고 긍정적이다.

김현철 아휴~ 그런 거 없다(웃음). 그냥 편하게 사는 거다.
그럴 능력도 없다(웃음).

○ ● ○

웃으면서 아니라는 그의 얘기는 부정이 아닌 겸손이었고
다른 사람들을 향한 그의 자세는 방치가 아니라 믿음이 깃
든 관조였습니다.

그의 모습 중 일부를 표현할 수 있는 몇 가지 단어, '자유로움', '자연스러움', '온화함', '유쾌함', '신뢰', '겸손' 등의 표현이 떠오르지만 그것만으로는 온전히 그를 표현하기는 무척 어려웠습니다.

그는 독실한 기독교인이기도 한데요. 그를 표현하기 위해 고민하다가 '승리케 하시는 하나님을 신뢰하고 찬양하는 여호와닛시(Jehovah-Nissi)'라는 표현을 떠올렸습니다.

그의 내면에 자리한 신뢰와 찬양이 자유로, 자연스러움으로, 유쾌함으로, 겸손으로 표출되고 있다는 생각이 들자 복면을 벗는 출연자에게 건네는 그의 얘기가 유독 따뜻하게 느껴졌던 까닭을 알게 되었습니다.

내가 필요한 곳이라면
어디든지

바이올리니스트 백진주

　미국에서 교수로 재직하며 「타이타닉」, 「해리 포터」, 「반지의 제왕」, 「캐리비언의 해적」 등 무려 팔백여 편의 영화음악에 참여했던 세계적인 바이올린 연주자가 2013년 한국으로 돌아온 이후 자신을 원하는 곳이라면 어디든 달려가고 있다는 소식을 듣고 그를 만나보았습니다.

　요즘 '천만 배우', '천만 감독'이라는 표현을 쓴다. 「타이타닉」, 「아바타」, 「해리 포터」, 「반지의 제왕」, 「캐리비언의 해적」이라면 '멀티 천만 연주자'로 불릴 만하다.

백진주 많이들 봤을 것 같긴 한데 얼마나 봤는지는 모르겠다(웃음). 친구 대신 연주하러 갔다가 우연히 영화음악에 참여하게 됐다. 잠실운동장 정도 되는 곳에 스크린을 걸고 대규모 합창단과 함께 오케스트라가 「이집트 왕자」 OST를 연주하면서 녹음했다.

옆에서 맥주 마시던 아저씨가 이것저것 묻길래 알려드리고 더 궁금한 게 있으면 연락하시라고 대충 찢은 악보에 전화번호를 적어드렸는데 이 아저씨가 한참 후에 '크루즈 타면서 같이 일 좀 하자'고 해서 참여한 작품이 「타이타닉」이었다. 그 아저씨가 바로 제임스 카메론 감독이다.

> **대학교수로도 재직하면서 왕성한 활동을 했었다. 굳이 한국으로 돌아온 이유가 궁금하다.**

백진주 어느 순간 막내딸과 내가 영어로 얘기하고 있다는 사실을 깨달으면서 '나와 내 딸들의 뿌리는 한국인데' 하는 생각이 들었다. 새로운 걸 좀 해보고 싶기도 했고.

그는 외할아버지께서 미국으로 보내주신 책과 성경을 손으로 적어가며 한국말을 잊지 않기 위해 노력했습니다. 한

참 후 외할아버지의 유품 속에서 어린 시절 자신이 그렇게 손으로 적었던 노트를 발견하고는 무척 울었다고 합니다.

> 멕시코에서 수감 중인 마약왕에게 「베사메무초」를 연주해 주기도 했고 청와대에서 「황성옛터」를 연주하기도 했다. 음악의 장르를 가리지 않는다는 생각이 든다.

백진주 모두 다 음악이다. 클래식 음악을 배우면 클래식 음악만 연주해야 한다는 규칙이 있는 것도 아니고. 내 딸도 성악을 하지만 남자들이 주로 부르는 「Nessun Dorma」를 부르기도 하고 클래식이 아닌 에디트 피아프(Edith Piaf)의 노래를 부르기도 한다.

> 화려한 이력과 명성에도 불구하고 상대적으로 소외되고 어려운 곳에서 많은 연주를 했다. 보람차고 행복한 마음과 달리 몸은 힘들겠다는 생각이 든다.

백진주 전혀 힘들지 않다면 거짓말일 테고(웃음).

인도에 있는 테레사 수녀의 '죽음에 이르는 집'에서 연주한 적이 있다. 이름 그대로 죽음을 눈앞에 둔 사람들이 간이 침대에 누워 있는 곳인데 거기서 팔순이 넘은 한국인 수녀님을 만났다. 수녀님께서 내 손을 잡으시면서 '소독하느라 듣지는 못했지만 무척 고맙다. 당신은 사랑받기 위해 태어난 사람이다'라는 말씀을 세 번 하셔서 바로「당신은 사랑받기 위해 태어난 사람」을 연주했다. 죽음을 기다리던 한 사람이 연주를 들으며 세상을 떠났다. 그 후로는 장소를 가리지 않고 연주한다.

인터뷰 섭외를 위해 주고받은 문자를 다시 보니 내게 '누구냐? 왜 인터뷰를 하려고 하느냐?'라고 묻지 않고 '내가 도움이 된다면 인터뷰를 하겠다'고 답했다. 예상과 전혀 다른 답이라 좀 신기했었다.

백진주　소개해주신 이연복 셰프님을 믿었다(웃음). 사람한테 잘하고 나누면서 사는 건 당연한 일이다. 연주한다고 바이올린이 닳는 것도 아니고 넣어두면 그냥 안 쓰는 건데 아름다운 음악을 연주하는 편이 훨씬 낫다(웃음).

바이올린 연주 때문에 방글라데시에서 무당으로 오해받은 얘기, 인도에서 여신으로 오해받은 얘기를 읽으면서 바이올린이라는 악기 자체를 모르는 사람들이 있다는 사실에 놀랐다.

백진주 바이올린이 뭔지 모르는 사람들이 생각보다 많다. 그래도 연주를 들으면 처음 듣는 사람이라도 참 좋아한다. 아름다운 소리 때문에 여신이라고 오해하지 않았을까 한다.

최근에 '미얀마를 위한 기도송'이라는 행사에 참여해 눈물을 흘리며 연주한 적이 있다.

백진주 공해가 없는 미얀마의 새벽 안개는 파랗다는 느낌이 들 정도로 깨끗하고 조용한 곳이다. CNN 뉴스를 통해 주로 미얀마 소식을 접하는데 그런 아름다운 곳에서 벌어지고 있는 비극 때문에 참 안타깝다. 절박한 미얀마 사람들은 5·18 항쟁의 경험이 있는 우리의 과거와 현재에서 희망을 얻고 우리의 응원에서 더 큰 위로를 받는다고 한다.

꿈이 있다면?

백진주 세계 곳곳을 다니면서 만난 사람들과 다닌 얘기를 글로 적어보고 싶다(웃음). 환경 운동도 좀 하고 싶고.

○ ● ○

하해불택세류(河海不擇細流), 큰물은 작은 물줄기를 가리지 않는다.

그와 주고받은 문자를 보다가 생각난 표현인데 이보다 그를 잘 설명할 수 있는 표현이 있을까 싶습니다. 화려한 이력과 명성에도 무대와 관객을 가리지 않고 자신을 필요로 하는 곳이라면 어디에서든 음악을 들려주는 그의 모습이 작은 물줄기를 가리지 않는 큰물과 무척 닮았다는 생각으로 고른 표현입니다.

그는 성공을 목에 거는 메달에 비유하며 성공에 집착할수록 목이 무거워진다고 얘기한 적이 있는데요. 필자가 만나본 그는 더 큰 성공의 메달을 목에 걸어도 충분히 감당할 만큼 큰 사람(大人)이었고 휴식이 필요한 사람들에게 기꺼이 자신의 그늘을 내주려는 사람이었습니다.

'팔로우'하시겠습니까?

인플루언서 김지나

인플루언서(Influencer), 기술의 발달로 활성화된 SNS나 1인 미디어 때문에 최근 자주 언급되는 단어인데요. 이전의 홍보나 마케팅 등이 연예인을 통한 광고에 의존했던 데 비해 최근에는 SNS나 1인 미디어를 통해 수많은 팔로워나 구독자를 확보하고 있는 인플루언서 역시 광고의 상당 부분을 담당하고 있습니다. 인플루언서가 광고나 홍보를 하거나 공동구매 등을 진행하면서 그 대가를 받는다면 계속적 생활수단성이라는 직업의 요소를 갖춘 것으로 볼 수도 있을 것 같습니다.

말로만 듣던 인플루언서가 궁금하던 참에 인플루언서 김지나 씨를 만날 수 있었습니다.

당신의 팔로워 수가 궁금하다.
김지나 인스타그램은 약 27만 정도이고 글로벌 틱톡은 약 77만, 중국 틱톡은 약 11만 정도로 대략 100만 팔로워 정도다.

원래 하던 일과 인플루언서 일의 비중은 어떤가.
김지나 서울로 와 모델 일에서 시작해 레이싱모델, 링걸(Ring Girl) 일도 같이 해왔다. 코로나 때문에 야외 행사가 줄어 다른 쪽으로 활동 범위를 넓히고 있다. 라이브 방송 쇼호스트, 틱톡커, 유튜브 촬영, 라디오 패널로 출연하고 있다. 공동구매 같은 것도 진행하기도 하는데 원래의 일과 인플루언서의 일을 명확히 구분하기는 어렵다.

인플루언서의 수입은 팔로워에 따라 다르다고 하던데 100만 팔로워가 넘는 인플루언서의 수입이 궁금하긴 하다.
김지나 구체적인 금액은 비밀이다(웃음). 팔로워 수가 중요하긴 한데 컨텐츠가 사진인지 영상인지에 따라, 올리는 횟

수에 따라 다르기도 하고. 팔로워 수가 적더라도 김연경 씨가 운동 관련 홍보를 하는 것처럼 특화된 컨셉이 있는 인플루언서가 관련 광고를 할 때는 그 금액은 더 높아진다. 팔로워 수 외에도 많은 요소가 인플루언서의 수입에 영향을 미친다(웃음).

어떻게 인플루언서가 됐는지 궁금하다.

김지나 인플루언서라는 표현 자체도 요즘에 생겼고 시작할 때 인플루언서를 목적으로 한 것도 아니었다. 세상의 변화에 민감하고 잘 따르는 편이다. 모델 활동을 하면서 내 자신을 홍보하기 위해 SNS가 필요하겠다 싶어 2014년부터 인스타그램을 시작했는데 그게 여기까지 왔다. 상대적으로 늦게 시작한 틱톡이지만 팔로워 수가 벌써 인스타그램의 세 배가 됐다.

팔로워 수를 유지하거나 늘리기 위한 특별한 방법이 있나.

김지나 2014년 시작했을 당시엔 많은 사람들이 SNS에 접속하겠다 싶은 시각에 맞춰 게시물을 꾸준히 올렸었다. 요즘엔 여러 컨텐츠를 만들어 팔로워분들께 색다른 재미를 주려고 노력한다. 인스타그램에도 동영상 서비스가 생겨 재미있는 영상 위주의 컨텐츠를 만들어 올리고 있다. 유튜브나 틱톡에도 유사한 서비스가 있어서 함께 활용 중이다.

팔로워들이 컨텐츠의 내용을 정해 요청하는 경우도 있나
김지나　그런 요청은 틱톡으로 많이 오는 것 같다(웃음). '유행하는 영상 올려주세요'라고 내게 다이렉트 메시지를 보내면 영상을 촬영해 올린다. 인스타그램에서는 제품 정보, 맛집에 대한 정보, 촬영 카메라에 대해 묻기도 한다. 어떤 때는 스토리를 활용해 내가 질문하는 경우도 있다. 그렇게 소통하는 게 재미있다.

공동구매 같은 건 어떻게 진행되나.
김지나　다양한 회사가 공동구매를 제안하지만 그 중 관심 가는 제품들을 골라 샘플을 받아본다. 직접 사용해보고 지인들 의견도 들어본 후 그중 좋은 제품을 골라 공동구매를 진행한다. 제품 후기가 좋으면 공동구매가 여러 차례 진행되기도 한다.

인플루언서가 공동구매 매출액에 미치는 영향이 적지 않겠다.

김지나 제안이 오면 제품을 먼저 확인하는 편이다. 그 후에 지인들에게 사용 후기를 요청한다. 상대적으로 많은 화장품을 사용해본 경험이 있는 모델 친구들의 섬세한 사용 후기는 도움이 많이 된다.

모델이라 유리한 점이 좀 있어 보인다. 어떻게 모델 일을 시작하게 되었나.

김지나 고향이 대전인데 카메라 앞에 서는 일이 재미있어서 대학교를 휴학하고 서울로 왔다. 처음에는 아르바이트로 온라인 쇼핑몰의 피팅 모델을 했다. 그러다가 직접 여성 의류 쇼핑몰을 차렸는데 쉽지 않았다. 쇼핑몰에 드는 비용 때문에 모델활동도 같이 하게 됐다(웃음).

악성 댓글을 남기는 사람도 적지 않겠다.

김지나 악플, 있다(웃음). 보통은 그냥 악플만 삭제하고 마는데 반복되면 그 계정을 차단한다. 단순하게 해결하는 편이다(웃음).

심각한 문제일 수 있는데 크게 상처받지 않아 다행이다.

김지나 글을 보면서 상처받았으면 하는 게 그들의 목표 아닐까 한다. 순순히 협조할 수는 없다(웃음). '마음이 아픈 사람이구나', '많이 심심하시구나' 정도로 가볍게 생각하고 잊어버리는 편이다.

통칭해서 인플루언서라고 얘기하지만 자세히 보면 활동영역에 차이가 있어 보인다.

김지나 다양한 영역이 존재한다 그래서 나의 영역에 관한 고민을 좀 한다. 레이싱 모델과 링걸 경험을 염두에 두고 있다. 건강, 뷰티, 다이어트 등등.

자동차 경주의 현장감은 대단하겠다는 생각이 든다.

김지나 TV로 보는 것과는 비교가 안 된다(웃음). 관중들의 응원소리나 자동차 엔진에서 터져 나오는 굉음은 단순히 큰 소리가 아니라 그 속에 온몸이 짜릿할 정도의 에너지가 응축된 소리다. 꼭 한번 경기장에 와서 생생한 현장감을 몸으로 느껴보시길 권한다(웃음).

수많은 팔로워가 있는 인플루언서의 일과가 궁금하다.

김지나　한번 밖으로 나가면 하루를 꽉 채우고 들어오는 걸 선호해 미리 일정을 시간별로 잡는 편이다. 열심히 활동하다가 몰아서 쉬는데 다른 분들의 휴일과 크게 다르지 않다. 책도 보고, 유튜브도 보고 집 정리도 하면서 나머지 시간은 침대와 한 몸이 된다(웃음). 관리하는 날을 정해서 헤어, 네일아트, 스킨케어, 운동을 몰아서 하기도 한다.

라이브 쇼핑 같은 건 하고 싶으면 누구나 할 수 있는 건가? 인플루언서라서 가능한 건가?

김지나　코로나 시대라 온라인 쇼핑이 활성화가 되는 추세인데 그 만큼 라이브 쇼핑 플랫폼이 많이 생겨서 오프라인 매장 사장님들께서 직접 진행하시는 경우도 있다. 물론 기업의 행사 상품을 기획하는 경우엔 전문 쇼 호스트나 아나운서분들이 진행을 하시기도 하지만 누구나 할 수는 있다. 중소기업이나 소상공인들에게 새로운 길이 될 수 있을 것 같다.

팔로워가 많다 보니 밖에서 다른 사람의 눈을 의식하지 않을 수 없겠다.

김지나 꾸미지 않고 편하게 나가면 아무도 못 알아봐서 괜찮다 (크게 웃음). SNS 속 모습처럼 단장하고 나갔을 때는 '어디에서 봤어요' 하고 메시지를 받는 경우가 있어서 차려입은 날에 오히려 더 신경을 쓴다(웃음).

덕분에 모르던 세상을 많이 알게 되었다, 영화에도 출연한 적이 있던데 앞으로 하고 싶은 일이 궁금하다.

김지나 「서치 아웃」,「돈」 등에 출연한 적이 있다. 분량이 길지는 않았는데 종종 알아보셔서 놀랍고 신기하다(웃음). 어릴 때 멋모르고 연기학원을 다닌 적이 있는데 기회가 닿는다면 연기를 해보고 싶다. 그동안 고생하면서 인생 경험을 좀 더 쌓았다(웃음).

○●○

 인플루언서라는 표현을 필자도 들어본 적은 있습니다만 팔로워, 홍보, 광고 등의 몇몇 단어 외에는 특별히 더 아는 부분이 없어 김지나 씨를 통해 조금 더 많은 얘기를 들어보았습니다.

모델 출신의 인플루언서라는 점 때문에 필자 혼자서 그가 쉬이 인플루언서가 됐을 거라고 오해하고 있었습니다만, 상당한 미모 뒤에 숨겨진 반전의 털털함으로 무장한 그와의 즐거운 대화에서 그가 쉴 새 없이 배우고 도전을 준비해온 사실을 알고 나니 괜시리 그에게 미안한 마음이 들었습니다.

중년 아저씨인 필자가 알지 못하던 새로운 세상을 알려주고 쉼 없이 자신의 꿈을 위해 노력하는 유쾌한 김지나 씨의 꿈을 응원합니다. 덕분에 이번에도 좀 배웠습니다!!

롱런 라이프를 위하여

권은주 마라톤 감독

그는 1996년 여자 5,000미터 경기에서 한국신기록을 세운 후 1997년 처음 출전한 춘천국제마라톤대회에서 2:26:12이라는 또 다른 한국신기록을 세웁니다. 그 기록은 무려 21년이 지난 2018년에서야 김도연 선수에 의해 약 31초가량 단축되는데요.

기록의 주인공이자 긴 시간 동안 한국 마라톤의 간판 선수로 활약했던 권은주 감독님을 만났습니다.

당시를 기준으로 보면 세계 10위 안에 드는 빼어난 기록이기도 했고 무려 21년이나 깨지지 않은 신기록이었다. 기록을 세웠을 때와 기록이 깨질 때 어떤 느낌이었는지 궁금하다.

권은주 기록을 세웠을 때는 첫 마라톤이라 '열심히 연습했으니 연습한 대로만 하자'는 생각뿐이었다. 기록이 깨지는 순간에는 오히려 기쁘기도 하고 김도연 선수가 부럽기도 했다. 그 현장에 있었다. 5킬로미터, 10킬로미터를 지나는데 김도연 선수의 컨디션이 상당히 좋아 보였고 30킬로미터를 넘어서도 김도연 선수의 랩 타임이 여전히 좋아서 기록이 깨지겠다는 생각을 했었다. 그 순간 잠시 섭섭한 느낌이 스쳐 갔다. 많이들 물어보시는 것처럼 그렇게 아쉽거나 섭섭하지는 않았다(웃음).

5,000미터에서 이미 한국기록을 세웠었는데 마라톤으로 전환한 계기가 궁금하다

권은주 원래 마라톤을 할 생각이었다. 보통 곧바로 마라톤을 할 수 없으니 5,000미터, 10,000미터 하프마라톤을 거쳐서 마라톤을 뛴다.

42.195킬로미터를 뛰는 건 정말 보통 일이 아니다. 정말 정말 힘들 때가 있다고 들었다.

권은주 다른 방법이 없으니 그냥 참고 달린다(웃음). 속으로 욕도 좀 하고(웃음). 경기 때 뒤따라오면서 계속 이것저것 얘기하시는 감독님이나 코치님 지시에 속으로 '그게 말처럼 그렇게 쉽나' 하고 투덜거리기도 했다.

한 번 경기를 뛰고 나면 몸무게도 많이 빠질 것 같다.

권은주 1킬로그램 정도 빠진다. 생각보다는 적다. 보통 경기 일주일 전에 식이요법을 하는데 전 사흘은 간이 되어 있지 않은 고기류로 완전히 단백질을 섭취해 탄수화물을 고갈시키면서 일종의 에너지 저장 창고를 만들고 나머지 사흘은 주 에너지로 쓸 수 있는 탄수화물을 먹는다. 30킬로미터를 넘어가면서 에너지가 고갈되면 이렇게 식이요법으로 만들어둔 에너지를 사용하게 된다. 이때 이미 2킬로그램 정도는 빠진다. 항상 훈련하는 선수들이라 일반인들처럼 체중이 많이 빠지지는 않는다.

선수생활을 회상하면 아쉬운 점은 없나.

권은주 지금 한다고 하면 조금 영악하게 할 수 있을 것 같다. 부상이 있거나 좋지 않은 부분이 있으면 완전히 재활을 하거나 쉬어야 하는데 그때는 잘해야 한다는 생각과 조바심 때문에 무조건 내 자신을 다그치기만 했다. 한국 신기록을 갖고 있었지만 세계선수권대회나 올림픽은 부상 때문에 출전하지 못했다. 많이 아쉽다.

그래도 선수 생활할 때가 좋았다는 생각이 들기도 한다. 사회인으로 살아보니 선수 때와 달리 나만 열심히 한다고 다 잘 되지는 않더라(웃음).

자주 언급되는 얘기인데 상대적으로 비인기 종목에 대한 지원이 부족하다. 육상도 크게 다르지 않다는 생각이 든다. 골프처럼 스타 플레이어가 유니폼에 적힌 광고로 지원받을 수는 없나.

권은주 많이 아쉬운 부분이다. 세계육상연맹 IAAF이 유니폼을 이용한 광고를 허용하지 않는다. 개인적인 후원을 받는다 해도 국가대표를 후원하는 브랜드와 다른 브랜드의 후원을 받는 경우에는 개인적으로 후원받는 브랜드가 노출

되지 않도록 신경 써야 하는 형편이다.

　　빼어난 기록으로 오랜 시간 한국 장거리 육상의 간판 선수였다. 프로가 아닌 동호회원만 지도하기에는 그간 쌓은 경륜과 지식이 아깝다는 생각이 많이 든다.

권은주　크게 인기가 있는 종목이 아니다 보니 국가대표팀 외에 시, 군이나 공공단체에 육상선수단이 있지만 지도자로 제의를 받은 적은 없다(웃음). 초등학교에서 꿈나무들을 잠시 가르친 적이 있는데 결과를 내기 위해 그 나이에 맞지 않는 걸 가르치면 장기적으로는 꿈나무의 건강과 발전을 해칠 수 있다는 걱정에 오래 있진 못했다.

　　코로나 때문에 주춤하지만 최근 달리기 동호회가 꽤 인기가 있었다. 건강에 대한 관심이 커지면서 사람들이 달리기에 많은 관심을 갖고 있다. 권 감독을 초빙해 달리기를 배우려면 어떻게 하면 되는가.

권은주　instagram @0923mara로 연락하시면 된다(웃음). 과한 비용은 아니지만 유료다(웃음). 누구나 할 수 있는 달리기지만 다치지 않고 무리하지 않는 운동을 하는 게 중요한

데 운동 전에 몸을 풀고 함께 뛰면서 수준에 맞게 페이스를 조절하면서 달릴 수 있도록 조언한다.

권 감독님의 소중한 경험이 공유되었으면 하는 마음에 허락을 얻어 그의 인스타그램 계정을 적었습니다.

인터뷰를 할 때 항상 묻는 마지막 질문이다. 꿈이 있다면?
권은주　원래 달리는 걸 좋아했다. '권은주의 마라톤 클럽' 같은 걸 만들어서 달리기를 좋아하는 사람들, 배우고 싶어 하는 사람들과 건강하게 오래 함께 달리고 싶다.

○ ● ○

사법시험을 준비하는 동안 스포츠신문으로 하루를 시작했던 필자에게 권은주라는 이름 석 자는 낯선 이름이 아니었습니다.

첫번째 도전에서 무려 21년이나 깨지지 않은 기록을 세운 후 오랜 시간 한국 여자 마라톤의 간판 선수로 활동했던 권은주 감독을, 필자는 감히 '한국 마라톤의 전설'이라고 부르고 싶습니다.

　무려 1,000명이나 뽑는 시험인데도 필자는 사법시험에 여러 차례 떨어진 적이 있습니다. 그런 필자의 눈에 '한국에서 제일 잘 달리는' 권은주 감독은 한 시대를 풍미한 영웅입니다만, 필자는 인터뷰를 마치고 약간의 불편함을 느끼지 않을 수 없었습니다.

　학벌이나 가진 재산 같은 결과물만으로 사람을 평가하는 것은 옳지 않습니다만 그런 결과를 위해 쏟았던 노력과 흘린 땀방울을 결과로 치부하여 평가의 요소에서 배제하는 것도 옳지 않습니다. 그의 위대한 기록과 그가 쏟아부었던 피나는 노력은 동전의 양면과도 같습니다만 필자는 그런 그에게 선수를 지도할 기회가 한 번도 주어지지 않았다는 사실을 납득하기 어려웠습니다.

　필자의 의문과 불편함에도 불구하고 그는 여전히 달리기를 사랑하고 여러 사람들이 건강하게 달릴 수 있도록 하는 일을 즐기고 있습니다만, 이런 불합리한 점이 오히려 육상을 대중으로부터 더 멀어지게 하는 원인이 아닐까 하는 생각이 들기도 합니다.

필자의 영웅, 권은주 감독님의 건승을 빌며 글을 마칩니다.

故 장영만 소방경님의
유가족과의 인터뷰

'코백회'에 의하면 현재 백신 접종 후 부작용으로 의심되는 사망 사례가 약 1,300건가량이라고 합니다. 한편 총리는 약 900만 명의 인구가 백신을 접종하지 않고 있다며 연일 백신접종을 독려함은 물론 나아가 식당이나 독서실, 학원에까지 방역패스를 요구하면서 백신 접종을 사실상 강제하고 있습니다.

정확하지 않지만 앞서 언급한 개략적인 숫자에 기초해 계산해보면 백신 부작용으로 의심되는 사망 사례가 발생할 확률은 약 0.0031% 정도가 됩니다.

국가와 사회의 안전을 위해 당연히 백신 접종이 필요합니다만 지금과 같은 방식의 사실상 강제에는 백신 부작용 피해자에 대한 보상이라는 전제가 반드시 선행되어야 합니다.

필자는 2021년 12월 9일 강남구에서, 평소 건강에 아무런 문제가 없었음에도 백신 접종 후 갑자기 사망해 백신 부작용이 의심되는 사례임에도 불구하고 현재까지 제대로 된 백신 접종과의 인과 관계 규명이나 보상조차 받지 못하고 있는 故 장영만 소방경님의 유가족을 만나 그의 얘기를 들어보았습니다.

　　아버님께 어떤 일이 일어났었나.

유가족　아버지는 7월 10일 64세를 일기로 돌아가셨다. 소방공무원으로 30년 넘게 일하시다 정년 퇴임하신 후 건축회사에서 일을 하실 정도로 건강하셨던 분인데 6월 9일경 AZ 백신을 맞으시고 일주일 후 갑자기 가슴이 아프다, 두근거린다고 말씀하셨는데 한 달 후 어머니와 여행을 가셨다가 여행 마지막 날 새벽에 숙소에서 주무시다 돌아가셨다. 억지로라도 아버님을 병원으로 모시고 가지 못한 게 무척 죄스럽다.

소방공무원으로 퇴직하셨다면 보통 사람들보다 더 건강하셨을 것 같다. 평소 건강 상태는 어떠셨나.

유가족   정년퇴직하셨지만 육체적 강인함이 필요한 소방관으로 평생 일하셨던 분이시다. 185센티미터, 80킬로그램, 건강한 체격으로 군살도 없으셨다. 돌아가신 후 병원을 오가신 내역을 봐도 급성심장사로 이어질 기저질환이라 할 만한 것이 전혀 없었다. 스스로 건강을 꽤 챙기시던 분이라 평소 심장에 문제가 있었다면 이상 징후가 느껴질 때 곧바로 병원으로 가셨을 분이다.

아버님과의 사별 이후 가족에게는 어떤 변화가 있었나.

유가족   상상도 못했던 갑작스런 이별이라 아버지, 아버지와의 추억이 끝없이 머릿속에 맴돈다. 퇴직하실 때 모습이 하루에도 몇 번씩 자꾸 떠올라 멍해질 때가 있다. 돌아가신 직후에는 정리하느라 정신이 없었다. 삼형제인데 어머님을 혼자 계시게 할 수 없어 각자 휴직계를 내고 돌아가면서 한 달씩 어머님과 함께 지냈다. 이후에는 형제가 역할을 나누었다. 요즘 나는 보험사, 질병관리청, 백신 피해자 모임 같은 일을 주로 처리하고 있다. 어머님께서 특히 많이 힘들어 하신다. 사실 다들 힘들 텐데 서로 티 내지 않으려고 노력 중이다.

백신 접종에 대한 생각이 남다를 것 같다. 이후에 백신을 접종했나.

유가족   형은 공무원이라 맞지 않을 수 없었지만 나는 얀센 접종 이후 추가 접종을 하지 못하고 있다.

보건 당국에 전하고 싶은 얘기가 있는지 궁금하다.

유가족   책임을 졌으면 좋겠다. 단순한 원망이 아니라 하다 못해 물건을 사도 이상이 있으면 물건을 판 사람이나 만든 사람이 책임을 진다. 적어도 정부에서 '책임진다'면서 백신 접종을 독려했다면 이렇게 인과성의 범위를 좁히기만 할 게 아니라 오히려 인과성의 범위를 확대해 인정해야 한다고 생각한다. 함께할 건강한 삶을 위해 믿고 맞았던 백신 때문에

내 아버지는 헛된 죽음을 당했다는 생각이 든다. 차라리 아
프다 돌아가셨다면 이렇게 억울하지는 않겠다.

한 가지 더, 여행지에서 아버님이 돌아가신 후 어머니는 여
섯 시간 동안 조사를 받으셨다. 경황이 없어 조서를 미처 확
인하지 못했기 때문인 것 같은데 부검의견서에 '평소 심장
두근거림이 있다'고 적혀 있었다. 아버지는 평소가 아니라
백신 접종 후에 '심장이 두근거린다'고 말씀하셨다. 평소 심
장의 두근거림이 없었기 때문에 어머니가 그렇게 얘기할 이
유가 없다. 아까도 얘기했지만 아버지는 건강에 신경을 많
이 쓰시던 분이셨다. 이 때문에 항의한 적이 있는데 이것 역
시 정상적이지 않다는 생각이 든다.

마지막으로, 부검 절차 때문에 7월 12일에서야 아버지 장례
를 치를 수 있었는데 마침 그날이 거리두기 4단계가 시작된
날이라 아버지의 지인들은 아버지의 마지막 모습을 볼 수조
차 없었다. 방역 조치가 필요하다고 생각하지만 억울하게 돌
아가신 내 아버지가 지인들과 마지막 인사조차 나눌 수 없었
다는 생각이 든다. 아예 장례식에 못 오게 할 것이 아니라 모
이지 않더라도 고인에게 마지막 인사라도 할 수 있는 좀 덜
제한적인 방법에 관해 고민했어야 하는 것이 아닌가 한다.

이 글을 읽는 분들께 전하고 싶은 얘기가 있나.

유가족 표현이 조금 과할지 모르겠지만 무작정 백신을 맞아서는 안 된다고 생각한다. 지금처럼 인과성의 범위를 극도로 좁히면서 사실상 백신을 강제하는 상황이라면 적어도 생명보험이라도 가입하고 맞으시라고 얘기하고 싶다. 갑작스럽고 억울한 이별에 경제적 어려움까지 더해지니 힘들다.

비슷한 처지의 피해자들이 함께 모여 목소리를 낼 필요가 있을 것 같다.

유가족 같은 아픔을 겪고 있는 분들의 단체와 연락이 닿았다. 아직 참가해보진 않았지만 매주 토요일 집회가 있다고 하니 특별한 일이 없다면 그 집회에 참가할 생각이다.

○ ● ○

갑작스런 이별 후 고인에 대한 애타는 그리움과 미안함으로 소리 죽여 울면서도 혹여 나의 슬픔이 나보다 힘든 다른 가족에게까지 옮겨질까 두려워 애써 괜찮은 척하며 눈물을 삼키는 유가족의 모습이 보이십니까?

'백신 접종의 이익이 더 크다'는 확정적 명제를 사용하시는 분들께 반문하고 싶습니다.

더 큰 이익의 주체는 과연 누구를 지칭하나요? 백신을 맞은 개인은 부작용으로 사망하거나 중증 장애를 얻기도 하는데 그 상황에서도 더 큰 이익이 존재한다고 할 수 있을까요?

국가나 사회가 더 큰 이익의 주체인가요? 이 의미라면 백신 접종을 강제해서는 안 됩니다. 모범 시민이 기꺼이 위험을 감수하였다가 사망하거나 중증 장애를 얻게 되었다면 국가나 사회는 반드시 그에 상응하는 보상을 해야 합니다.

소수의 생명이라거나 이익이라 해서 그것을 가벼이 여겨 함부로 희생시키는 사회는 오래도록 존속될 수 없습니다.

짧게 잡아도 통상 몇 년의 개발 시간이 필요하고 그렇게 만든 백신이라도 낮은 확률이지만 부작용 가능성이 상존합니다. 그럼에도 불구하고 국민들은 국가의 '안전하다, 책임지겠다'는 얘기를 믿고 불과 1년여의 시간에 만들어진 백신을 기꺼이 접종했습니다.

그런데 국가는 이제 와서 이미 인정된 인과 관계와 관련한 법리에도 반하는 변명으로 부작용 피해자들의 고통을 외면하면서도 '백신 접종의 이익이 더 크다'는 왜곡된 명제로 백신 접종을 사실상 강제하고 있습니다.

백신 부작용으로 의심되는 사례를 방치하는 것은 잘못입니다. 이제는 국가가 상존하는 위험을 기꺼이 감수한 모범 시민들에게 그에 상응하는 예우로 대답할 차례입니다.

삼십 년이 넘는 시간 동안 소방관으로 헌신하시다 허무하게 세상을 떠나신 故 장영만 소방경님의 명복을 빌며, 유가족들께 진심으로 위로의 마음을 전하며 글을 마칩니다.

책임의 필요성

변호사 양진석

   코로나가 우리의 삶에 큰 영향을 미치기 시작한 지도 벌써 삼 년에 가까운 시간이 지났습니다.

   백신의 긍정적인 효과에도 불구하고 백신 부작용이나 부작용이 의심되는 사례로 일부 피해자들이 발생하고 있지만 질병관리청은 극히 일부의 예를 제외하고 그런 피해를 호소하는 사람들에게 한결같이 '백신 접종과 결과와의 관련성을 찾지 못하였으므로 인과 관계를 인정할 수 없다'는 취지의 답을 하면서도 백신 접종을 권장하고 있습니다.

질병관리청이 내린 백신 접종과 사망이나 장애라는 중대한 결과 사이의 인과 관계에 대한 판단에 선뜻 동의할 수 없는 필자는 최근 대법원에서 인플루엔자 백신 접종과 사지 마비라는 중대한 결과 사이의 인과 관계를 인정받은 양진석 변호사를 만나 그의 얘기를 들어보았습니다.

　　최근 대법원에서 백신 접종과 사지 마비 사이의 인과 관계를 인정받은 것으로 안다. 어떤 사건이었나.

양진석　2014년 10월 초 보건소에서 인플루엔자 예방 접종을 한 후 약 1~2주 후에 길랭-바레 증후군(Guillain-Barre Syndrome)에 의해 사지가 마비되는 1급 장애를 얻었음에도, 질병관리본부가 백신 접종과 사지 마비 사이의 인과관계를 인정하지 않아 대법원까지 가서 다투었던 사건이다.

　　지금처럼 나라가 접종을 권장하던 백신이었나.

양진석　감염병 예방법상 제1급 감염병으로 지정되어 필수 예방 접종에 사용되던 백신이었다. 특히 노약자들이 관할 보건소에서 많이 맞았다.

이름이 참 어렵다. 길랭-바레 증후군이 무엇인가.

양진석 의사가 아니다 보니 정확하게 설명할 수는 없지만 소송 과정에서 찾아본 자료에 의하면 100만 명 중에서 0.15명 정도 발생할 수 있는 부작용이다. 이 자료는 예전에 신종 인플루엔자 예방 접종 후 길랭-바레 증후군이 발생하여 질병관리본부가 연구 용역을 맡겨 만들어진 자료다. 의심 사례까지 포함하면 10만 명에 중에서 1.31명 정도였다.

소송의 과정은 어땠나. 변호사들끼리 하는 얘기지만 2심에서 새롭게 제출된 증거 없이 1심의 판단을 뒤집기는 쉽지 않다.

양진석 1심에서는 소송 요건을 갖추지 못하였다는 이유로 각하판결을 받았다. 이 부분은 소송에서 다투어지지 않던 부분이라 의외였다. 예비적으로 '설령 소송 요건을 갖추었다 해도 청구를 받아들일 수 없다'는 취지의 판단도 있었다. 희박한 확률이지만 분명히 인과 관계에 관한 근거 자료가 있었다. 당사자의 피해가 심각했음에도 보상을 받을 수 없다고 하니 당사자의 사정이 딱하기도 하고 내 스스로도 억울했다. 더군다나 앞서 언급한 자료는 질병관리본부가 용역을 맡겨 나온 자료다.

사법시험을 준비하면서 공부했던 판례처럼 '건강했다-사망하거나 중증 장애가 생겼다'는 사정 사이에 백신 접종을 제외하고는 사망이나 중증 장애가 발생할 만한 다른 사정의 개입이 없었다면 백신 접종과 발생한 결과 사이에 인과 관계가 있다고 판단했어야 한다. 사건의 당사자는 평소에 건강했었고 접종 외에 사지 마비가 올 만한 사정은 전혀 개입되지 않았다.

소송의 과정에서 인과 관계가 주된 쟁점이었나.

양진석 그렇다.

'예방 접종은 실시 과정에서 드물어도 불가피하게 부작용이 발생하지만 예방 접종의 사회적 위험성과 이에 따른 국가적 차원의 권장 필요성, 손해의 공평, 타당한 분담 등의 사정을 고려할 때 인과 관계가 추단되는 경우에는 인과 관계의 증명이 있는 것으로 보아야 한다. 이런 인과 관계의 추단에는 접종과 장애 발생 사이의 시간적, 공간적 밀접성, 피해자가 입은 장애 등이 의학이론이나 경험칙상 불가능하지 않은 점 등이 고려되어야 한다'는 취지가 판결문에 적힌 내용이기도 했고 우리의 주장이기도 했다.

간단하게, 의뢰인은 평소에 건강했었고, 10월 6일 접종해서 10월 13일 정도에 하지 마비가 시작되면서 시간적 밀접성이 있었으며 길랭-바레 증후군은 드물지만 부작용 사례가 있었기 때문에 피해자가 입은 장애는 발생이 불가능한 장애가 아니었다.

대법원까지 갔다면 꽤 시간이 걸렸을 것 같다.

양진석 다행히 대법원에서 심리불속행 기각이 나와 생각보다 오래 걸리지는 않았다. 소송 과정은 2년 반 정도? 하지만 실제 장애가 발생한 때로부터 보면 보상을 받기까지 약 5~6년 정도 걸렸다.

항상 묻는 마지막 질문이다. 꿈이 있나.

양진석 거창한 꿈이 있는 건 아니고 내가 잘할 수 있는 변호사 일을 하면서 억울하고 어려운 사람을 도울 수 있으면 좋겠다. 코로나 백신과 관련해서도 적지 않은 피해 사례가 있을 것 같다. 이런 사례가 그런 분들께도 도움이 되었으면 한다.

○ ● ○

    필자가 애초 양 변호사를 인터뷰한 이유는 백신 접종과 중대한 결과 사이의 인과 관계에 관해 얘기하고 싶었기 때문입니다. 백신 접종으로 인해 평소 건강하던 사람이 사망하거나 백신을 접종하고 불과 3시간이 안 되는 시간 내에 사망한 경우에도 질병관리청은 '백신 접종과의 인과 관계를 확인치 못하였으니 인과 관계가 없다'는 결론을 내립니다.

    그러나 보상과 관련한 인과 관계는 자연과학적 인과의 개념이 아닌 규범적 인과의 개념이기 때문에 판결문이 지적한 바와 같이 예방 접종의 위험성과 국가적 차원의 권장 필요성, 손해의 공평하고 타당한 분담 등의 사정을 고려하여 중한 결과가 백신 접종으로는 발생할 수 없다는 점이 입증되지 않으면 인과 관계를 인정하는 것이 타당합니다.

    국가와 공공단체가 앞다투어 백신 접종을 권장해놓고서 막상 중한 결과가 발생하였을 때는 '관련성을 확인하지 못하였기 때문에 인과 관계가 없다'고 책임을 회피할 것이 아

니라,

　백신 접종과 중한 결과 사이에 중한 결과를 야기할 만한 다른 사정이 개입되지 않은 점을 피해자가 입증하였을 때 국가가 백신 접종과 중한 결과 사이에 인과 관계가 없다는 점을 입증하지 못한다면 국가가 중한 결과에 대해 마땅히 책임져야 합니다.

인생에 답안지가 있다면

역술가&건축가 박성준

　같은 조건에서는 같은 결과가 나와야 한다는 좁은 의미의 과학이라는 영역 속에 역술, 명리, 사주 등을 포함시키기는 어렵습니다만 동양과 서양을 막론하고 점성술사나 역술가는 분명히 현실에 존재하고 자신의 운명이 궁금한 적지 않은 사람들이 그들을 찾습니다. 아마 MBTI 같은 테스트를 하는 이유도 크게 다르지 않을 텐데요.

　이런 이유 때문에 필자가 연재했던 「삼국지Law」에서 법원의 판결을 통해 개략적으로나마 무속과 사기의 경계선에 관해 살펴본 적이 있습니다.

이번 인터뷰에서는 다소 독특한 이력의 소유자이면서 「노는 언니 2」, 「연애도사」, 「무한도전」 등 다수의 방송 출연을 통해 대중적으로는 건축가보다 역술가로 더 유명한 박성준 소장님을 만나 그의 얘기를 들어보았습니다.

고등학교 때부터 역술에 관심을 갖기 시작했다는 글을 본 적이 있다.

박성준 우연히 『인생십이진법』이라는 책을 보게 되었다. 맞고 틀리고를 떠나 '나는 누구일까' 하고 인생의 고민을 시작하던 시점에 그 책을 계기로 명리학에 관심을 갖게 됐다.

관심이 있어 명리학 책을 조금 본 적이 있는데 어려웠다. 지금이야 인터넷이나 유튜브에 관련 자료도 많지만 예전에는 그렇지 않았다.

박성준 아버님도 건축을 하셨기 때문에 나도 건축학과를 다녔지만 명리학 공부는 계속하고 있었다. 미대 다니는 친구들이 건축학과에 가면 사주 보는 특이한 친구 있다고 하기도 했고(웃음).

그 즈음이 사주카페 같은 곳이 늘어나던 때였는데 시간 날 때마다 거기서 일도 하고 그곳에서 만난 어르신들께 배우기도 했다. 술을 좋아하지 않지만 그 어르신들을 따라 술자리에 가면 끝날 즈음에 한두 마디씩 해주시는데 그런 말씀들이 공부하는 데 적지 않은 도움이 됐다. 그렇게 배우고 공부한 걸 노트로 적어가면서 공부했다. 그때 꽤나 열정적이었다(웃음).

홍익대 건축학과를 졸업했다. 좋은 학교인데 혹시 초기에 부모님께서 반대하진 않으셨나.

박성준 지금도 건축 관련 컨설팅, 부지 선정, 디자인 같은 건축가의 일을 여전히 하고 있지만 전형적인 건축가의 길을 가고 있지는 않은 것 같다(웃음).

역술 관련 일을 시작할 때 부모님께 말씀은 드리지 않았었지만 나중에 아신 부모님께서 조금 보수적이신 편이신데도 원하는 일 하고 사는 거니 크게 상관없다고 말씀해주셨다. 방송 출연하고 책을 쓰면서 이렇게 될 줄은 몰랐지만 어느 순간부터는 부모님께서도 제 일에 관심을 좀 가지셨던 것 같다.

명리학이 수학이나 물리학처럼 딱딱 맞아떨어지는 게 아니다
보니 내게는 어려웠다. 공부하려는 사람이나 궁금한 사람을 위
해 간략한 설명을 부탁한다.

박성준 예전과 달리 만세력이 앱(App)의 형태로 존재한다.
만세력으로 8개의 글자를 뽑아 그걸 오행으로 바꾸면 십성
이 나오는데 그걸로 타고난 기질과 성향을 이해하는 게 가
장 기본이다. 보통 선택의 순간에 타고난 기질이나 성향이
발현되는데 기질이나 성향 때문에 치우칠 수 있는 부분을
다른 요소로 보완해 결국 조화와 균형을 찾아가도록 하는
것이 명리학의 원리다. 도화살이니 역마살이니 삼재 같은
것도 많이 얘기하지만 이런 쪽에 신경을 쓰기보다는 타고난
기질이나 성향을 파악하고 보완을 통해 조화와 균형을 찾는
것이 가장 중요하다.

　연, 월, 일, 시라는 네 개의 기둥(사주, 四柱)에서 각 2개의
글자가 나와 8개의 글자가 됩니다(팔자, 八字).
　비, 식, 재, 관, 인에서 음양으로 파생해 십성이 됩니다.

가장 흔한 질문이지만 많은 분들이 궁금해하는 부분이기도 하다. 역술이나 명리를 우리가 어떻게 받아들여야 하는지 궁금하다.

박성준 매 순간 모든 것들을 운이 좋아지도록 하는 데 집착해 필요 이상으로 얽매이는 분들이 더러 있지만 아까 얘기한 것처럼 본인의 기질이나 성향을 알고 중요한 순간에도 그런 점을 고려하는 노력으로 충분하다고 생각한다. 전체적으로 조화와 균형이 유지될 수 있도록 역술이나 명리를 활용하면 된다.

쉽지 않지만 삶 속에서의 깨달음이나 원숙함으로 타고난 기질이나 성향을 넘어 성장할 수 있다. 맹목적 믿음이나 집착보다는 성장을 위해 노력하는 마음이 중요하다고 생각한다.

항상 묻는 질문이다. 꿈이 있다면?

박성준 종종 나의 꿈이나 삶의 즐거움에 대한 생각을 한다. 작년부터 든 생각인데 사실 돈이 중요하지만 어느 정도의 수준에서는 그 이상과 그 이하가 큰 차이가 없게 된다. 더군다나 이전에 비해 지금은 상대적으로 풍요로운 시대이기도 하고. 그래서인지 깨달음을 좀 얻고 더 성숙한 사람이

되어 다른 사람에게도 도움이 될 수 있는 삶을 살고 싶다.

○ ● ○

애초 시작은 「연애도사」, 「노는 언니」, 「무한도전」 등의
TV 프로그램에서 본 적 있는 유명 역술가가 역술에 관해 어
떤 생각을 갖고 있을까 하는 궁금함이었습니다만 건축가의
이력을 가진 그가 역술가로 활동하게 된 계기, 그가 해왔던
역술가로서의 노력에까지 생각이 미치자 그의 삶과 생각을
들여다보고 싶은 마음이 생겨 그와의 만남을 준비하게 되었
습니다.

역술이나 명리를 믿는 사람도 믿지 않는 사람도 있습니다
만, 그런 논쟁거리에 대해 그가 전한 메시지는 의외로 간단
하고 명확했습니다. 조화와 균형!

삶의 조화와 균형은 누구라도 원하고 누구에게라도 필요
합니다. 그는 조화와 균형이라는 이상적인 상태를 위해 필
요한 하나의 수단으로 명리학을 말하면서도 삶 속에서 얻은

깨달음이나 원숙함을 통해 한계를 뛰어넘을 수 있고 그런 노력이 가장 중요하다는 얘기를 전했습니다.

공대를 졸업한 후 변호사의 삶을 사는 필자가 좁은 의미의 과학이라는 개념에만 집착해 무의식 중에 '믿어야 합니까, 믿지 말아야 합니까'라는 단선적이고 무지한 의문을 품고 있었던 것에 반해 그는 명리학으로 삶을 바라보던 전문가답게 삶 전체를 관통하는 조화와 균형, 성장을 위한 노력을 얘기했습니다. 새삼스레 그의 비범함이 도드라집니다.

필자가 글을 적는 이유는 인터뷰를 통해 같은 세상을 살고 있는 타인의 삶을 살펴 그 속에서 평범함과 함께 존재하는 그의 비범함을 다른 분들께 전하기 위해서입니다.

평범한 필자가 이번 만남을 통해 그의 비범함으로부터 배웠던 깨달음이 글을 읽으시는 분들께 잘 전달될 수 있기를 희망하며 글을 마칩니다.

무대 뒤의 파트너

어비스컴퍼니 이사 류호원

이전과 다르게 요즘에는 연예인을 장래희망이라고 얘기하는 사람들이 많고, 연예인이 갖는 영향력이나 사회적 파급효과가 결코 적지 않습니다.

많은 사람들처럼 필자 역시 나의 우상이 몸 담은 세상, 연예계가 궁금했었는데 마침 연예기획사에서 일하시는 분을 만나 궁금한 점을 묻고 그의 얘기를 들을 수 있었습니다.

소개를 부탁한다.

류호원 선미, 어반자카파, 박원, 뱀뱀이 소속된 어비스컴퍼니의 이사로 재직 중인 류호원이다.

어떻게 연예계에 발을 들여놓게 되었나.

류호원 학창시절 밴드를 함께하던 친구가 캐나다에서 돌아와 가수를 하고 싶다고 해서, 다른 친구 두 명과 함께 아예 회사를 만들고 음반을 제작했다. 98년부터 준비해 2002년에 앨범을 냈다.

20대 중반이었을 텐데 친구 네 명이 모여 음반을 낸 건가? 대단하다. 그 음반은 어떻게 됐는지 궁금하다.

류호원 큰 성공을 거두지는 못했다. 시대를 앞서 나갔다고 평가하고 싶다(웃음). 경험 없이 일을 시작하다 보니 음반을 발매한 후 홍보가 필요한 줄 몰랐다. 그런데 우리 넷이 출자한 돈이 바닥날 때서야 그걸 알게 됐다. 가까스로 유명한 매니저분을 회사로 영입해 그분으로부터 배워가면서 내가 직접 발로 뛰어다니며 홍보를 했다. 지금 생각하면 그게 본격적으로 디딘 첫발이 아닐까 싶다.

현재도 그 앨범은 음원사이트에 서비스 중이라 MR-J(Mad Rapper-J, 젊은 제작자들답게 굉장히 강렬한 이름입니다)의 타이틀곡인 「Feel So Good」을 들을 수 있었습니다. 20년 전의 곡이라는 생각은 전혀 들지 않았는데 도입부에서 척 맨지오니(Chuck Mangione)의 「Feel So Good」을 샘플링한 부분이 인상적이었습니다.

앨범을 홍보하는 일이 쉽지 않았을 것 같다. 기억에 남는 일이 있다면 알려달라.

류호원 그리 힘들지는 않았는데 지금 다시 하라면 못할 것 같다(웃음). 그땐 어리다 보니 아무 것도 모르고 정말 열심히 다녔다. 「Feel So Good」의 샘플링 때문에 마침 수원에서 내한공연 중이었던 척 맨지오니를 무작정 만나러 가서 곡을 사용할 수 있도록 승낙받은 일이 가장 기억에 남는다. 그 전부터 척 맨지오니의 변호사와 메일을 통해 곡 사용에 관해 얘기했으나 지지부진해, 일단 찾아가 그에게 우리 곡을 들려주고 사용 허락을 받았다. 덕분에 타이틀곡의 저작권은 25%만 갖고 있다.

연예기획사의 업무에는 어떤 것이 있고 어떤 업무를 경험해보
았나.

류호원　출연 섭외 및 홍보 등, 소속 아티스트 관련 업무, 마
케팅, 소속 아티스트를 위해 곡을 만들거나 외부 작곡가로부
터 곡을 받는 일 등이 있다. 업무의 영역은 다 경험해보았다.

어떤 업무가 가장 힘들었나.

류호원　아무래도 사람과 부대끼는 일이다 보니 초창기에는
출연 섭외 및 홍보가 힘들긴 했다.

보람된 기억으로 남은 일이 있나.

류호원　우리 회사와 함께 일하면서 어반자카파가 잘됐을
때, 선미의 솔로 활동이 잘됐을 때. 기획사의 입장에서는 역
시 소속 아티스트가 잘되는 게 좋다. 함께 노력했으니까.

연예기획사에서 일하면서 적지 않은 연예인을 만났을 텐데, 연
예인을 꿈꾸는 사람들에게 조언해줄 얘기가 있나.

류호원　연예인의 삶은 화려해 보이지만 정말 힘들고 고독하
다. 흔한 표현인데 이 말보다 정확한 표현이 없다. 연예인으

로 성공하기도 힘들지만 성공해서도 편하지만은 않은 길이다. 대중적으로 성공한 연예인들은 공통적으로 대단한 의지를 가지고 있다. 생각 이상으로 정말 열심히 한다.

K-POP의 대단한 성과에도 불구하고 문외한으로서 느끼기에는 음악의 장르가 많이 쏠린 느낌이다. 아이돌의 노래 아니면 트로트밖에 없다. 이 부분에 관해 어떻게 생각하는가.

류호원 주류와 비주류 음악으로 나뉘어 쏠리는 현상을 막기는 힘들다. 다양한 음악이 각광받는 환경 조성이 필요하다고 생각하는데, 이 부분은 연예기획사에게 한편으로는 부담으로 작용하기도 한다. 소속 아티스트의 활동으로 이윤을 창출하는 기획사가 그런 환경 조성을 위해 노력해야 하지만 한편으로는 이윤과 직결되는 대중의 반응을 외면하기도 쉽지 않다. 굉장히 어려운 문제다.

최근 연예계나 스포츠 분야에서 아티스트 개인이나 선수의 과거로 인해 기획사나 소속 구단이 예측하지 못한 곤경에 처하는 경우가 적지 않았다. 이 부분과 관련해 기획사의 입장은 어떠한가.

류호원 기획사로서는 대단히 부담이 되는 부분이라 전속 계약을 체결하거나 소속 아티스트로 대중에게 처음 선보이기 전에 반드시 본인에게 확인하거나 가능한 선에서 주변의 얘기를 들어보지만, 현실적 한계가 분명히 존재한다.

대형 기획사의 영재 발굴 시스템처럼 소속사가 장래 유망한 아티스트를 어린 시절부터 돌보면서 학생으로서의 교육까지 담당할 수 있다면 좋겠지만, 이 정도의 시스템을 갖출 수 있는 곳은 대형 기획사 정도뿐이다.

대중에게 첫 선을 보일 아티스트의 경우, 기획사가 그 아티스트를 처음부터 관리하는 것이 아니라 지켜보다가 성장 가능성에 확신이 생겨 소속 아티스트로 영입하게 되는데, 그때에나 아티스트 관리가 가능하다 보니 그 이전 시기를 확인하거나 관여하는 일은 참 어렵다.

향후 개인적인 계획이나 꿈이 있는가.

류호원 직접 음악을 하지는 않지만 음악인으로서의 삶을 계속 살고 싶다. 지금 하고 있는 일도 좋고. 음악인으로서의 일이라면 다 좋다.

소속 회사는 어떤 계획을 갖고 있나.

류호원 코로나의 영향으로 공연이 많이 줄어 꽤 영향을 받았다. 그런데 한편으로는 음악을 즐기는 인구가 줄지는 않았다. 밖에서는 잘 안 보이겠지만 멀리 뛰기 위해 움츠리는 것처럼 코로나 이후를 생각해 아티스트와 함께 열심히 제작하고 있다.

기획사와 소속 아티스트의 갈등은 어떻게 해결하는가.

류호원 사실 크고 작은 갈등은 항상 있다. 그래서 동반자라는 생각이 정말 중요하다는 생각이 든다.

아티스트가 '누구 덕에 돈을 버는데?'라 말하고 기획사가 '누구 덕에 이 자리까지 왔는데?'라고만 말하면 갈등을 해결할 수 없다. 기획사도 아티스트를 인정해야 하고 아티스트도 기획사를 인정해야 한다. 그게 바로 동반자라는 인식이다.

일반인으로서 궁금하다. 일 때문에 알게 됐지만 개인적으로도 편하게 연락하는 연예인이 있는가.

류호원 샵의 서지영 씨와 가깝다. 한 사람, 한 사람 다 얘기하지는 않았지만 당연히 다른 분들과도 잘 지낸다(웃음).

　이미 뮤직비디오에도 출연한 적이 있는 굉장히 어여쁜 딸이 있는 걸로 알고 있다. 딸이 연예인을 하겠다면 어떻게 할 생각인가.

류호원　솔직히 안 시키고 싶다(웃음). 싫어서가 아니라 아까도 말했지만 대중 속에 살아가는 연예인의 삶과 과정은 힘들고 고독하다.

　마지막으로 지면을 통해 하고 싶은 얘기가 있는가.

류호원　연예계에서 지내온 시간을 후회하지 않지만 그동안 참 바빴다. 그래서 가족들에게 더 고맙고, 많이 미안하다고 꼭 얘기하고 싶다.

○ ● ○

　20대 젊은이 네 명이 일단 회사부터 만들어 음반을 제작하고 만든 곡에 필요한 샘플링을 위해 무작정 척 맨지오니를 만나러 간 얘기는 꽤나 인상 깊었습니다. 하고 싶었던 일이라서 그런 용기가 생겼겠지요.

필자가 무작정 척 맨지오니를 만나러 갔던 그의 행동을 용기라고 말한 것처럼 그는 연예인을 꿈꾸는 사람들의 대단한 의지에 관해 얘기했습니다. 보기에 그렇게 보이지만 사실 하고 싶어서 하고 있는 사람은 정작 별 생각이 없었을 것 같기도 합니다.

용기든 의지든 표현은 다릅니다만 아마도 필자와 그는 꿈을 향해 열심히 달려가는 아름다운 모습에 관해 다른 방식으로 표현한 것이 아닐까 합니다.

꿈을 향해 열심히 달려가는 우리들의 아름다움을 응원하며 글을 마칩니다.

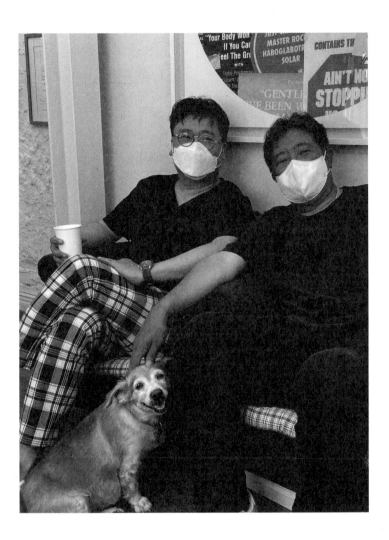

머릿속 또 하나의 세계로

KBS 라디오 PD 윤선원

인터넷과 각종 전자기기의 발전 때문에 라디오의 영향이 줄어들고 이전처럼 라디오라는 물건을 사용하는 경우도 매우 드물어졌습니다만, 그럼에도 우리는 여전히 일을 하면서, 공부를 하면서, 운전을 하면서, 등산을 하면서 라디오를 듣고 있습니다.

필자는 2021년 7월 21일 용산구에서, 「볼륨을 높여요」, 「가요광장」의 PD로 청취자를 울고 웃게 만들었던 윤선원 PD를 만나 라디오와 관련한 그의 삶과 생각을 들어보았습니다.

시대가 많이 달라졌다. 한참 활동하던 90년대나 2000년대의
라디오와 현재의 라디오는 어떤 점에서 차이가 있나.

윤선원　한참 활동하던 90년대부터 개인적으로 변화의 조짐
을 느꼈다. 내가 공감했던 변화의 조짐은 아니었지만 그 당
시는 전문적인 DJ가 사라져가던 시절이었다. 김광한 씨, 김
기덕 씨, 이종환 씨, 배철수 씨 같은 분들은 개인의 역량만
으로도 프로 하나를 너끈히 끌고 갈 수 있는 분들이었지만
청취율 경쟁이 격화되면서 새로운 청취자를 유인할 수 있는
진행자가 더 필요하게 됐다. 지금으로 치면 아이돌 정도. 당
시는 팬덤 문화가 시작되던 시기이기도 했고.

개인적 역량이 있는 DJ들 보다 유명인이 DJ를 많이 하다 보
니 전문 DJ에 비해 상대적으로 부족한 부분을 보완하기 위
해 작가의 역할이 점점 커지기 시작했다.

인터뷰를 준비하면서 '총대 멘다'는 표현을 알게 되었다,
2004년 김구라 씨를, 2006년 메이비 씨를 DJ로 발탁한 일이
총대를 멘 건가? 특히 김구라 씨는 인터넷 방송에서의 독설로

반대가 많았을 것 같은데.

윤선원 앞서 말한 변화에도 불구하고 '라디오는 역량 있는 DJ가 원맨쇼를 할 때 가장 재미있다'는 게 나의 생각이다. 라디오 DJ를 직업으로 할 만한 사람들을 계속 찾았었다. 그렇게 찾은 사람들이 김구라 씨, 메이비 씨, 변기수 씨였다.

직업으로 DJ를 할 만한 사람은 어떤 점이 다른가.

윤선원 함축적 표현과 독특함이다. 김구라 씨도, 메이비 씨도, 변기수 씨도 그게 있었다. 한정된 시간을 사용하는 방송의 특성상 함축적 표현으로 더 많은 의미를 전달할 수 있는 능력이 있어야 한다고 생각하는데 그들은 그들만의 독특한 방식을 갖고 있었다. 뭔가를 직업으로 한다는 말은 그 직업에 종사하지 않는 사람들이 갖고 있지 않는 능력을 갖고 있어야 한다는 의미라고 생각한다.

전문 DJ가 활동하던 시절과 달리, 최근에는 상대적으로 그런 직업적 능력이나 개성이 부족하다는 생각이 들어 다소 아쉽다.

선뜻 와닿지 않는다. 구체적인 예를 듣고 싶다.

윤선원 첫눈이 오던 날이었는데 그날도 DJ를 찾으려고 이것 저것 들어보다가 우연히 김구라 씨의 인터넷 방송을 들었다. 거의 대부분의 라디오에서 '첫눈 오는 날 데이트'나 '교통정체, 안전운전'을 얘기하던 것과 달리 김구라씨는 '눈 온다, 저 눈이 다 돈이면 좋겠다'는 오프닝 멘트를 하더라. 그 표현 속에 그의 성향, 그가 처한 경제 사정이 모두 함축되어 있었다. 이효리 씨의 「10 Minutes」을 작사했던 메이비 씨는 가수이기도 했다. 1집 앨범을 내고 홍보차 담당 PD인 날 찾아왔는데 날 본 첫마디가 웃으며 '배가 나오셨네요'였다. 앨범 홍보를 하러 온 사람의 첫인사로는 굉장히 특이했지만 그 속에 안부 인사, 친근함, 홍보 등의 표현이 모두 담긴 느낌이었다.

변기수 씨의 면박은 함축적이고 독특하다. 분명 면박의 형식인데 기분 나쁜 면박이라기보다는 여러 의미가 담긴 기분 나쁘지 않은 표현이었다.

인터뷰를 준비하면서 'DJ는 단순히 원고를 잘 읽는 사람이 아니라 청취자와 공감하고 청취자의 반응을 끌어낼 수 있어야 한다'는 취지의 얘기를 보았다. 라디오를 메타버스(metaverse)라고 표현했는데 설명을 좀 부탁한다.

윤선원　원고를 안 틀리고 잘 읽을 수 있는 사람은 성우나 아나운서들 중에 더 많다. 라디오 DJ는 음성을 통해 청취자의 상상력을 자극하고, 청취자 머릿속에 또 하나의 세계를 만들어줄 수 있는 사람이어야 한다는 생각을 갖고 있었는데 굳이 그걸 요즘 표현으로 하자면 메타버스, 가상의 세계다. 서세원 씨의 경우, 한창 라디오를 진행할 때 '빨간 바지를 입고 가고 있다'는 표현을 많이 사용했는데 그걸 청취자들이 참 재미있어 했다. 혼자 '빨간 바지가 도대체 왜 재미있을까'를 생각해본 적이 있는데, 빨간 바지의 강렬한 인상 때문에 청취자는 자신의 머릿속에 빨간 바지라는 이미지를 만들지 않을 수 없겠더라.

　　TV와 라디오는 어떤 차이가 있어 라디오 PD가 되었나, PD가
　　된 계기가 있었나.

윤선원　음악이 좋아 연세대에서 '소나기'라는 서클에서 활동하기도 했었다. 심지어 보컬로 시작했다(웃음). 좋아하지만 음악을 직업으로 할 정도로 잘하지는 못해 음악을 많이 접하는 라디오 PD가 되었다.

TV는 자료화면이든, 그래픽이든 그림이라는 게 없으면 방

송을 못하지만, 제대로 만든 라디오 프로는 그 자체가 청취자에게 또 다른 세계를 제공하면서 현실적 제약을 사라지게 만든다. 화면 자체가 한계로 작용할 수 있는 TV와는 다르다. 굳이 예를 들자면 아주 재미나게 읽은 소설을 영화나 TV로 보았을 때의 실망감을 생각하면 된다. 영화「웰컴 미스터 맥도날드」의 유명한 대사처럼 '여기가 우주라 하면 우주다'라고 할 수 있는 게 라디오다.

요즘도 음악을 하고 있는가.

윤선원 취미로 드럼, 피아노, 기타를 연주해본다, 할 때마다 느끼는 건데 음악은 천재의 영역이다(웃음). 내 생각에 음악을 직업으로 하려면 적어도 내가 아는 사람 중에서 위로 오 년, 아래로 오 년의 범위 내에는 '나보다 음악을 잘하는 사람이 없다'는 생각이 들 정도는 돼야 한다. 그래도 힘들다(웃음).

이전과 달리 상대적으로 라디오의 자리가 많이 좁아졌다. 라디오가 부흥할 수 있을까 궁금하다.

윤선원 라디오는 기술의 단계에 따라 사용된 수단에 붙여진

이름일 뿐이다. 군이 전통적인 의미의 라디오를 부활시킬
필요가 있나 싶다. 라디오의 역할, 그러니까 대중이 즐길 거
리를 제공하면 된다.

라디오 PD를 오래 했으니 많은 연예인들과 교류가 있었겠다.
최근 자주 연락하는 사람이 있나.

윤선원 함께 방송해서 잘된 사람들보다는 좀 잘 안 됐던 친
구가 생각이 많이 난다. 변기수 씨는 분명 전문 진행자로서
의 능력이 있는데도 함께할 당시에는 능력만큼 잘되지 않은
것 같아 좀 미안했는데, 요즘 그가 하는 골프 방송이 잘되어
미안함이 덜하다. 개그맨 박휘순 씨도 참 재능이 있는 사람
인데 그 재능이 반 정도만 터진 것 같다. 자신보다 많이 어
린 아리따운 신부를 얻지 않았나(웃음).

요즘 재봉틀로 옷을 만든다는 소문을 들었다. 특별한 이유가
있나.

윤선원 장애인 오디오 컨텐츠를 만드는 업무와 KBS 제3라
디오의 프로를 맡고 있다. 소중하고 가치 있는 일이지만 라
디오 PD로서 창작욕구를 충족시키기에는 부족하다(웃음).

창작욕 때문이다.

전형적인 중년의 아저씨다 보니 바지를 사도 수선을 해야 하는데 수선을 해도 이쁘지 않다(웃음), 더군다나 대량 생산하는 기성복은 무난할 수밖에 없지 않나. 내가 입고 싶은 소재로 내 하체에 맞는 나의 바지를 만들려고 한다(웃음).

　　마지막 질문이다. 꿈이 있다면?

윤선원　멋진 요트를 타고 바다를 항해해보고 싶다(웃음). 난 공영방송에서 일하는 사람이다. '공영'이라는 의미 속에 정치적 가치판단은 존재하지 않는다. 우리에게 필요함에도 불구하고 비용이나 이윤의 문제로 할 수 없는 부분을 담당할 수 있어야 공영방송으로서의 존재 가치가 더 커지지 않을까 싶다. 지금도 공영방송으로서의 역할을 하고 있지만 좀 더 넓고 심도 있게 공영의 가치를 실현하는 데 참여하고 싶다.

○ ● ○

요즘 그가 재봉틀에 매진 중이라는 소식을 들었기 때문인지, 그를 만났을 때 과감한 무늬와 색이 돋보이는 바지가 먼저 눈에 띄었습니다. 다소 독특했던 그의 등장과 인터뷰 내내 유쾌하고 거침없는 그의 얘기를 들으면서 개성 넘치는 동네 형과 얘기한 느낌이 들어 무척 재미있었습니다.

애초 필자가 이 책을 통해 독자께 전하려 했던 것은 조화롭게 병존하는 인터뷰이의 상반된 모습을 통해 엿보이는 그의 삶과 생각이었습니다. 누구나 각자의 자리에서 자신의 역할을 다하면서 쌓은 직업인으로서의 비범한 모습과, 이 거대한 세상을 살아가고 있는 보통 사람의 평범한 모습을 둘 다 가지고 있으니까요.

그가 라디오 PD로서 라디오에 관해 얘기할 때, 라디오를 메타버스로 표현할 때, 필자는 그런 그의 모습에서 오랜 시간 한길을 걸으면서 쌓아온 전문가의 깊은 통찰과 철학을 보았습니다.

인터뷰 내용을 정리하며 생각할수록 '라디오를 매개로 한 청취자의 메타버스'라는 그의 표현은 참으로 적절하고 낭만적인 표현이라는 생각이 들었습니다.

구직 중이지만 행복합니다

윤형석 박사

구르는 돌에 이끼가 끼지 않는다(A rolling stone gathers no moss)?

'쉬지 않고 움직여 정체되지 않는다'는 긍정적인 의미로도, '쉬지 않고 움직이기 때문에 이끼 하나도 모으지 못한다'는 부정적인 의미로도 새길 수 있을 것 같습니다.

평생직장이라는 표현으로 대표되는 이전의 연공서열제에서라면 위 문장은 후자의 의미에 가깝겠습니다만, IMF를 거치면서 성과가 강조되는 요즘이라면 위 문장은 전자의 의미에 가까울 것 같습니다.

세상이 변해가면서 우리는 더욱 치열한 경쟁에 직면하게 됐고, 치열한 경쟁은 종종 우리에게 도전을 요구하는데요. 이번 인터뷰에서는 대학 시절부터 적지 않은 도전을 거쳐 글로벌 컨설팅 회사 소속의 상당한 고액 연봉자가 되었음에도 여전히 도전을 꿈꾸고 있는 윤형석 박사의 얘기를 전할까 합니다.

재료공학과를 졸업하고 재료공학과 대학원에서 다시 기계설계학과 대학원을 마친 후 회사를 다니다 창업을 했다. 그러고 유학을 가서 박사 과정을 공부했다. 컨설팅 회사를 다니다 다시 창업을 했다가 취직한 후 또다시 컨설팅 회사에 들어갔다. 도전의 연속이다.

윤형석 지금은 구직 희망자다(웃음). 적지 않은 변신인데 자발적이지 않은 변신도 있다. 대학원 졸업 후 취직했던 현대정공이 IMF를 거치면서 큰 구조조정을 하는 통에 다른 업무를 하게 됐고, 박사 학위 취득 후엔 리먼 브라더스 사태가 터져 간신히 취직했다. 뭘 좀 하려니 IMF가 오고 리먼 사태가 오더라(웃음).

같은 공대인데 굳이 재료공학과 대학원에서 기계설계학과 대학원을 간 이유가 궁금하다.

윤형석 재료공학은 사실 학문에 더 가깝다. 좀 더 현장에 가까운 걸 공부해보고 싶어 기계설계학과 대학원으로 옮겨 생산공학을 공부했다. 당시엔 몰랐는데 지금 와서 보니 현장에 더 가까운 곳에서 오히려 학문적인 것이 잘 보이고, 더 학문적인 곳에서 현장이 더 잘 보이더라.

석사 과정을 마치고 취업, 창업을 거쳐 다시 박사 과정을 거쳤다.

윤형석 첫번째 창업을 실패한 후 2003년 무렵 주변의 권유로 유학을 다녀왔다. 창업 아이템은 인공지능을 개발해 그걸로 비즈니스 데이터를 분석하는 일이었는데, 함께 시작한 MIT 기계과 출신 형들이나 MBA 출신 형 중에서 엔지니어링을 할 사람이 없어 결국 내가 개발자로서 코딩을 하게 됐다. 현재와 같은 형태의 AI는 아니고 데이터를 분석해 'Customer Relationship Management(고객관계관리)'를 하는 일이었다. 분석 결과를 이용해 자동차 회사나 은행 같은 곳에 고객을 추천해주거나, 중소기업의 신용도를 평가해주는 일 등을 했다. 삼 년 동안 매일 밤을 새워가며 코딩 작업을 할 정도로 열심히 했는데 회사의 운영에 문제가 좀 있었다. 쏟은 정성에도 불구하고 결과가 좋지 않아 많이 아쉬웠는데 마침 주변으로부터 유학 권유가 있었다. 공부를 마치고 사업을 시작하려고 보니 '내가 참 비즈니스를 모른다'는 생각이 들어서, 좀 더 공부하자는 생각으로 컨설팅 회사에 취업하게 됐다. 서른 살에 공부하러 가면서 나이가 많다고 생각했었는데 지금 생각해보면 전혀 그렇지 않다(웃음).

당시에 취업했던 두 회사는 세계적인 컨설팅 회사였다.

윤형석　'ADL'이나 'Bain & Company'는 세계적인 회사다, 나중에 한국에서 창업하겠다는 생각으로 그 회사의 한국 지사에 취업했다. 그 전후로 리먼 사태가 터졌고, 마침 친구가 사업을 하자고 해서 또 창업을 했다. 일반 가정용 인터넷이 아니라 데이터 센터에 사용되는 100기가짜리 반도체를 설계하는 일이었다.

두번째 창업 역시 결과가 좋지 않았다.

윤형석   회사 일 자체의 문제라기보다는 사람의 문제였다. 그런데 시간이 많이 지난 지금 생각해보면 사람의 문제가 없었더라도 당시 회사가 했던 일에는 한계가 있었고 결국 결과는 다르지 않았을 것 같기도 하다.

괜찮았는지 궁금하다. 어떻게 견뎠나.

윤형석   괜찮을 리가 있나. 내 젊음과 열정을 바친 회사였다. 술 먹고 견디면 폐인밖에 더 될까 싶어 그냥 삭히려 했지만 한동안 그게 잘 되지 않았다, 이전만큼은 아니지만 꽤 오랜 시간이 지난 지금도 한 번씩 생각이 난다.

그 후 어떻게 되었나?

윤형석   당시에 마흔이 넘어서 다시 취직이 안 될까봐 걱정했었지만 다행히 컨설팅 회사에서 연락이 왔었다. 그렇게 컨설팅 회사에 있다가 '유니드'라는 회사에서 또 오 년 정도 신사업 개발 및 M&A 담당자로 일했다. LED용 소재 개발 업무를 맡았는데 중국산 저가 제품에 밀려 신사업을 접었다. 생각과 다른 결과 때문에 아쉬운 마음도 있긴 했지만 경험에 투자한 거라고 생각한다.

파트너로 승진한 지 얼마 지나지 않은 최근에 A.T. Kearny를 그만둔 것으로 안다. 억대 연봉이 적지 않은 요즘 기준으로 보아도 상당한 고액 연봉자였는데.

윤형석　업무 강도가 굉장하다. 프로젝트를 진행할 때는 거의 밤을 새면서 팀원들과 일했다. 몸도 좀 안 좋고 해서 그만뒀다. 팀원들에게 일일이 구체적으로 지시하지 않았지만 프로젝트의 전체 윤곽만이 아니라 팀원들이 하는 업무 하나하나를 모두 알고 있어야 하고 팀원들보다 내가 더 많이 움직여야 했다. 시키기만 하고 뒤로 빠져 있으면서 팀원들과 융화될 수는 없다. 어떤 날에는 다섯시까지 일한 팀원들을 먼저 자게 하고 혼자 집으로 와 씻는 중에 의뢰인의 전화를 받고, 곧바로 회사로 출근해 일곱시에 업무 보고를 했다. 정도의 차이는 있지만 프로젝트를 맡은 후의 업무 강도는 보통 그 정도 된다. 그래서 구직 희망자가 됐다(웃음).

사실 따지고 보면 대학원 졸업 후 취직했던 현대정공이나 유니드나 ADL, Bain & Company, A. T. Kearny 모두 굉장히 좋은 회사들이고 계속 있어도 되는 곳이었다. 계속 변화를 추구하는 이유가 궁금하다.

윤형석 　열심히 일하고는 있지만 사실 내가 굉장히 회의적이다(웃음). 내가 가진 것에 관해 회의적이다 보니 상대적으로 집착이 덜하다. 미련 남지 않을 만큼 정말 열심히 하기도 했고. 그래서 쉽게 변화를 좇을 수 있는 것 같다. 궁극적으로 하고 싶은 일이 있다.

새로운 도전에 대한 두려움은 없나.

윤형석 　실패한 창업만이 아니라 이직의 과정 역시 경험을 위한 투자라고 생각한다. 회의적이다 보니 자연스럽게 고민을 좀 하는 편이다. 그렇게 내린 결정이고 망해도 경험을 위한 투자라고 생각하면 별로 두려움은 없다.

나처럼 평범한 사람이 생각하기에는 그래도 훌쩍 놓아 버리기에는 많이 아까운 고액 연봉이다.

윤형석 　정도의 차이다. 조금 더 받는 돈이긴 하지만 그게 내 꿈도 아니고, 그 돈으로 내가 빌 게이츠나 머스크처럼 되는 것도 아니니. 그러면 하고 싶은 걸 하는 게 맞다고 생각한다.

'그거야 취직이 되니까, 먹고 살 수 있으니까'라고 반론을 제기할 사람도 있겠다.

윤형석 마찬가지로 정도의 차이다. 생존 자체가 문제되는 경우라면 그럴 수 있지만 도전을 꺼리고 안주하는 사람들이 생존에 대한 위협 때문에 도전을 못한다고 생각하지는 않는다. 안주 역시 그들의 선택이지만 내 선택은 꿈을 좇는 거다.

마지막 질문이다. 꿈이 있다면?

윤형석 적당히 가치가 올랐을 때 회사를 매각하고 이익 남기는 사업이 아니라 끝까지 할 진짜 내 사업을 하고 싶다. 지금까지의 과정은 모두 사업에 필요한 경험을 위한 투자라고 생각한다. 이전에는 완비되면 사업을 하겠다고 생각했었는데 그렇게 해서는 절대 시작할 수 없고, 오히려 약간 부족한 채로 시작해 그 부족함을 메우려는 과정에서 발전이 있겠다는 생각이 들었다.

사업을 하려면 '이 일은 내가 꼭 해야 한다'라는 의지나 소명의식 같은 게 있어야 하는데 아직 그 부분에 관한 확신이 없어 시작하지 못하고 있다. 일 시작해서 적당히 투자 받고서 한계에 부딪혔다고 중간에 먹튀할 수는 없지 않은가(웃음).

○ ● ○

'요즘 청년들이 굳은 의지로 한곳에 매진하지 못한다'는 취지의 짧은 글을 어디선가 읽은 적이 있는데요. 읽자마자 '왜 꼭 한곳에만 매진해야 하지?', '이것저것 해보고 뭘 좋아하는지를 알아야 굳은 의지가 생기지 않을까?' 하는 생각이 들었습니다.

우리의 삶이 '안주하기보다는 도전해야 한다'라는 짧은 명제로 우악스레 규정지을 만큼 간단하거나 단선적이지 않다는 점을 알지만,

여기 실패를 포함한 그 모든 과정이 내가 가려고 하는 길에 필요한 경험이고 투자라는 생각으로 끝없이 도전하는 사람이 있으니, 도전하려는 나의 삶을 위해 도전을 멈추지 않았던 그의 얘기에 귀 기울여보시기를 권합니다.

시민의 권리

범죄 피해자 유족 K

범죄로 인해 맞게 되는 준비되지 않은 이별로 유족들이 현실적으로 겪게 되는 일들과, 가해자에 대한 수사와 재판 절차에서 유족들이 겪었던 일을 바탕으로 피해자의 권리에 관한 기사를 적어보고 싶어, 필자는 2021년 9월 13일 이메일을 통해 지난 7월 19일 통영에서 발생하였던 범죄로 인해 가족을 잃은 분과 얘기를 나누었습니다.

혹여 있을지 모를 2차 가해를 우려해 대화를 나눈 피해자 유족을 'K'라 칭하고, K의 이야기를 전합니다.

범죄로 인해 갑작스레 맞은 이별이다. 준비되지 않은 이별로 인해 유족들이 겪는 심적 고통이 대단할 것 같다.

K   말로 표현할 수 있는 고통이 아니다. 분주한 일상 속에서도 문득문득 생각이 나고 그때마다 유족들은 남모르게 피눈물을 흘린다. 차라리 병에라도 걸려 이런 일이 일어났으면 마음의 준비라도 할 수 있었겠지만 그런 과정이 전혀 없었다. 일흔이 넘은 연세셨지만 건강하셨고 정신적으로나 경제적으로나 여전히 어머님을 포함한 우리 가족 모두를 돌보시던 분이셨다. 자식들에게 베풀기만 하시면서 정작 당신께서는 제대로 누리지도 못하신 채 돌아가셨다는 걸 생각하면 분해서 잠도 잘 수가 없다.

연락이 닿지 않는 아버님을 찾다가 사건 현장을 직접 목격하신 어머님의 충격과 고통은 이루 말할 수 없고, 이후 어머님께서는 아버님의 흔적이 고스란히 남아 있는 집에 혼자 있지 못하신다. 피해자의 유족들이 이런 고통을 겪고 있는데 법은 범인의 인권만 얘기한다. 범인이 십 년, 십오 년 형을 산다 한들 유족 역시 그 시간 동안 범인 이상의 고통을 겪으면서 산다.

갑작스런 이별로 인해 현실적인 어려움도 적지 않았겠다.

K 아버님께선 꽃게 통발어선의 선주셨는데 흔한 사업이 아니라서 대부분의 사람들이 사업의 매출구조나 수익구조를 알지 못한다. 큰 업체에 대량으로 꽃게를 납품할 때는 서류를 근거로 일을 하다 보니 채권이나 채무 관계가 명확하겠지만, 아버님께서는 사십 년의 시간 동안 그 일을 하시면서 큰 업체 외에도 적지 않은 소규모의 단골 업체와도 거래를 하셨다. 소규모 업체와의 거래에서는 서로 믿고 거래하는 터라 구두로 거래하는 경우가 적지 않다. 그런데 아버님께서 가신 후에 유족에게 찾아오는 사람들은 받을 돈이 있다는 사람들뿐이었다. 서로 믿고 거래했던 것 같은데 일일이 계약서나 근거 자료를 달라고 할 수도 없고 그게 없다고 무작정 안 줄 수도 없었다.

배도 중고 자동차처럼 흔하게 거래되거나 싼값에 거래되는 물건이 아니라서 유족들이 배의 가격이나 어업권의 가격을 제대로 알 수가 없는 상태에서 처분했다. 선택의 여지가 없었다.

돌아가신 아버님의 십 년치 통장 내역을 확인해 불명한 부분을 상속이나 증여로 추정하는 제도 역시 가혹했다. 여전히 경제활동을 하시던 아버님이셨기 때문에 가족이라 해도 정확하게 알 수 없는데, 이렇게 범죄로 갑자기 돌아가신 경우까지 추정으로 세금이 부과되니 유족 입장에서는 당황스럽고 화가 날 수밖에 없다. 아버님께서 살아 계셨다면 대부분 소명이 가능한 부분이었다.

가해자에 대한 유족의 마음은 어떤가.

K 절대 용서할 수 없다. 우발적인 범행이나 실수도 아니고 처음부터 흉기를 챙겨둔 상태에서 나갔다 돌아와 77세의 아버님을 잔인하게 살해했다. 그 순간 아버님이 어떤 마음이었을까 생각하면 억장이 무너진다. 범인을 찢어 죽이고 싶은 마음이다. 아버님께서는 그렇게 허무하고 비참하게 돌아가실 분이 아니셨다. 과거 통발수협의 임원과 통발선주협회장을 역임하셨던 통발업계의 산 증인이셨다. 지금 범인은 감형받을 목적으로 변호인을 통해 머리 수술한 핑계, 산재 처리 핑계를 대고 있다고 들었다. 사실과 다르다. 어처구니도 없고 치가 떨린다.

수사나 재판 과정에서 유족으로서 아쉽거나 억울한 점은 없

었나.

K　　돈 문제로 인한 살인 사건으로 다루어지는 게 많이 억울했다. 사업에 대한 이해가 필요한 부분인데 수사기관이 이 부분에 관해 유족들의 의견을 더 들었으면 어땠을까 하는 아쉬움이 있다. 재판에서는 이런 부분이 반영되었으면 한다.

매년 꽃게 철이 다가오는 8월 1일부터 선주는 생활비 형태로 선원 모두에게 선금 이삼천만 원가량을 일시금으로 지급하고, 중간에 필요하면 몇백만 원씩 가불해주기도 한다. 이렇게 선금을 지급하고 나면 간혹 돈만 받고 도망가버리는 선원이 있어도, 어획량이 좋지 않아 손해를 보아도 선주는 별달리 하소연할 곳이 없다.

범인은 이천만 원의 선금을 받았을 뿐만 아니라 가불을 포함해서 오천만 원가량을 미리 받은 상태였고, 선주인 아버님께서 늑골을 다쳤다고 입원한 범인에게 입원비 백만 원도 주셨다. 거기에 배를 못 타는 기간에도 월 이백만 원씩 생활비로 지급을 해줬고.

아버님의 어선에서 선원들이 부상을 당해 입원하게 되면 수협보험에서 한 달에 사백만 원의 실업급여가 나오는데,

범인은 이 부상을 핑계로 아버님이 준 이백만 원에 수협보험에서 나오는 사백만 원의 실업급여를 포함해 육상에서의 4대 보험에서 나오는 수백만 원의 실업급여까지 받을 속셈으로 보험처리를 요구하다가 곧바로 응하지 않은 아버님을 살해했다.

범인은 아버님의 배에 타기 전에도 세 척의 어선에서 유사한 방법으로 보험을 전문적으로 이용해 온 전력이 있었고, 그걸 아신 아버님께서 범인의 요구에 곧바로 응하지 않으시자 사무실에서 나가 챙겨두었던 흉기를 들고 돌아와 범행을 저질렀다. 단순히 줄 돈을 주지 않아 발생한 돈 문제로 다루어질 사건이 아니라고 생각한다.

그런데도 범인은 머리 수술이나 산재 처리가 되지 않았다는 부분만 수사나 재판 과정에서 주장하고 있다. 피해자인 유족이 유족의 입장을 대변하기 위해서는 변호사를 선임하거나 어렵사리 힘든 기억을 떠올려가며 형사절차에 참여해야 하는데, 변호사의 도움 없이 형사절차에 참여하는 것도 쉽지 않고 형사절차에 참여한다 하더라도 범인이 방어권이라는 명목으로 행사하는 권리처럼 피해자들이 행사할 만한 실효성 있는 권리도 마땅치 않다고 들었다. 범죄자의 인권만 중요하고 선량한 피해자와 시민의 권리는 중요하지 않은가. 억울하다.

○ ● ○

필자가 사법시험을 준비하면서 공부했던 형법이나 형사소송법 교재에도 형벌의 목적이나 법적 성질, 범죄인에 대한 수사나 재판 절차 등에 관한 규정과 그 유래에 관한 논의는 있었습니다만, 정작 범죄 피해자의 권리에 관한 논의는 거의 없었습니다.

근래에 들어서야 피해자와 피해자의 권리를 주목하면서 형사소송법에 피해자의 소송 기록 열람 등사권이나 재판 절차 진술권이 규정되었고 범죄 피해자 보호법이 제정되었습니다만,

대부분의 범죄에서 피고인이 변호인을 선임할 여력이 없다면 국선변호인이 선임되는 것과 달리 피해자의 경우에는 성범죄나 아동학대 등의 한정된 영역에서만 피해자 국선대

리인이 선임됩니다. 형사소송법에서 피의자나 피고인의 인권 보호를 위해 아주 엄격한 요건에서 절차를 진행하면서 증거 능력과 관련해서도 위법하게 수집된 증거를 증거의 세계에서 배제하고 있습니다만, 정작 피해자가 사건과 관련해 형사절차에 참여할 수 있는 방법이 많지도 않고 존재하는 방법의 실효성 또한 유명무실한 상황입니다.

피해자가 범인에게 갖는 극한의 복수심을 그대로 형사절차에 투영해 무작정 범인을 엄벌에 처하자는 주장을 하려는 것이 아닙니다.

우리는 다양한 의견을 수렴하여 하나의 결론을 도출하는 방법으로 다수결의 원리를 선택하고 있습니다. 자유롭고 평등하게 의사 결정에 참여했던 사람이라면 도출된 결론이 자신의 의사와 다르더라도 그 결론에 수긍할 수 있기 때문입니다.

법의 적용이라는 특성을 훼손하지 않는 범위 내에서 형사절차에도 마땅히 절차 원리로서의 다수결의 정신이 구현되어야 합니다.

범인에게 엄격한 절차적 권리가 보장되고 진술권이 보장되는 것만큼, 범인의 행위로 인해 피해자가 된 유족 역시 그에 상응하는 절차적 참여권을 보장받고 그들의 참여가 형사절차의 이념과 절차에 부합하는 선에서 결과에 반영될 수 있도록 담보하는 제도가 필요합니다.

그럼에도 불구하고 현재의 형사절차는 상대적으로 범죄인의 인권에 무게를 두다 보니 오히려 피해자가 소외감과 박탈감을 느끼지 않을 수 없는 구조인데, 이후에라도 피해자의 분노와 억울함, 상실감을 어루만지고 위로할 수 있는 절차 내외의 제도가 보완되어야 할 것으로 생각됩니다.

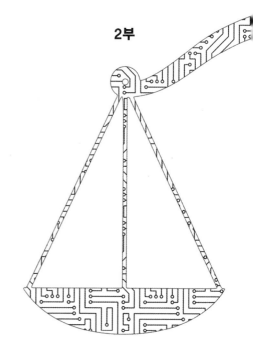

2부

손권과 미필적 고의

형주를 지키다 여몽에 의해 사로잡힌 관우가 죽임을 당한 후 손권은 관우의 머리를 소금에 절여 조조에게 보냈고, 조조는 두 눈을 부릅뜬 관우의 머리를 본 후 소스라치게 놀란 후 병이 깊어져 결국 죽음에 이르게 됩니다.

조조의 죽음이라는 결과에 관해 손권은 어떤 책임을 지게

* 이 글은 코로나19 초기 특정 교파에 의해 코로나가 확산되던 시점에 적었던 글로, 당시 '코로나 전파를 방치한 특정 교파의 신도들을 미필적 고의에 의한 상해죄로 처벌하자'는 의견이 있어 이와 관련해 작성했던 글입니다.

될까요?

죽음이라는 결과만을 놓고 본다면 일단 손권의 행위를 살인죄로 생각해볼 수 있겠습니다만, 무서운 형상의 사체를 보는 것만으로 사람이 죽을 수 있다고 생각하기도 어렵거니와 소설 속에서도 관우의 머리를 본 조조가 곧바로 죽지 않았기 때문에 손권을 살인죄로 처벌하기는 어렵겠습니다.

다음으로 상해죄를 생각해볼 수 있는데, 상해는 일시적으로라도 인체의 기능이 제대로 작동하지 않는 상태를 의미합니다. 조조는 관우의 머리를 본 후 병을 얻어 죽음에 이르게 되었으니 손권을 상해 또는 상해치사로 처벌할 수 있을 것도 같습니다.

그런데 여기서 한 가지 의문이 생깁니다.

현재의 문명사회에서는 목을 베는 행위가 대단히 드문 일이지만 서기 200년을 조금 지났을 무렵에는 그런 행위가 적지 않았고 심지어 베어진 머리를 걸어 사람들에게 내보이기까지 했습니다. 조조는 후한 말의 혼란스런 상황에서 전장을 누비며 적지 않은 적장의 머리를 베었던 인물이라 베인 머리를 보는 것만으로 상해를 입게 될 것이라고 단정하기는 어렵습니다. 상해의 고의를 인정할 수 있을까요?

첫번째로 떠오르는 미필적 고의는 확정적 고의의 반대 방향에 있는 가장 약한 형태의 고의입니다. 쉽게 '뭐 조조도 전쟁터에서 뼈가 여문 양반이니 꼭 베인 머리를 보고 놀란다고 할 수는 없겠지만 어쨌든 베인 머리가 징그러운 것도 사실이니 놀랄 수도 있겠네. 그래도 나는 머리를 조조한테 보내련다. 놀라 자빠져도 어쩔 수 없고'라는 마음으로 손권이 관우의 머리를 조조에게 보냈다면 미필적 고의가 인정될 수 있습니다.

바꾸어 말하자면 '놀랄 수도 있겠네. 조조가 그래도 전장을 누비며 지금의 자리에 오른 양반이니 사람 머리에 놀라지는 않을 거야' 하는 마음이었다면 인식 있는 과실을 인정할 수는 있어도 미필적 고의라고 하기는 어렵겠습니다.

코로나19로 시끄러운 현재의 상황에서 특정 종교 집단의 행위와 관련해 미필적 고의가 꽤나 자주 언급되고 있는데요. 앞서 적었듯 최소한의 인식이라는 개념은 어찌 보면 매우 불명확한 개념일 수 있어 얘기하는 사람의 가치관에 따라, 목적에 따라 미필적 고의를 인정하는 결론을 내릴 수도 있고 그 반대의 결론을 내릴 수도 있습니다.

그러나 그에 앞서 형법은 죄 지은 사람을 처벌하기 위한 법이고 그 처벌은 무죄 추정의 원칙과 죄형 법정주의의 원칙 아래에서 행해질 때 비로소 정당할 수 있다는 점이 반드시 신중하게 고려되어야 할 것입니다.

신이 된 관우와
무속인의 사기

연의에서 완벽한 정의의 화신으로 대적할 수 없는 무위를 자랑하던 관우는 오나라에 의해 죽임을 당한 후 신이 되었습니다. 후대의 사람들은 그를 관성대제라 칭하며 전쟁과 재물의 신으로 섬겼는데요. 우리나라에도 '관왕묘' 또는 '관제묘'라 하여 관우를 신으로 섬기는 사당이 있습니다. 구제 시장으로 유명한 동묘, 그곳 역시 관왕묘 중 한 곳인데요.

우리나라의 무속에서도 관우와 유사한 사례가 있습니다. 적지 않은 무속인들이 김덕령 장군이나 곽재우 장군, 임경

업 장군을 몸으로 불러들여 굿을 진행하기도 합니다.

신의 존재에 관해서는 믿는 사람도, 믿지 않는 사람도 있지만 그런 믿음과 별개로 같은 조건에서 같은 방법으로 실험이 진행되면 같은 결론이 나와야 한다는 과학의 기준에서라면 신의 존재에 관한 입증은 사실상 불가능합니다. 그러나 우리가 사는 세상에는 신에게 기원하는 행위가 분명히 존재하고 적지 않은 사람들이 신점을 보거나 굿을 하기도 합니다.

그렇다면 신점을 보거나 굿을 했는데도 결과가 맞지 않거나 원했던 결과를 얻지 못하였다면 곧바로 사기죄에 해당할까요?

약 1년 반에 걸쳐 삼신할머니에게 비는 굿을 하면 아이가 생길 거라면서 굿 비용으로 2,000만 원을 받는 등, 여러 사람으로부터 대략 2억 6,000만 원을 받아 사기죄로 기소된 무속인에게 1심, 2심 법원은 무죄를 선고했습니다.

돈을 받았지만 굿을 해줄 의사나 능력이 없었다는 혐의에 대해 1심은 '굿을 하지 않았다고 볼 증거가 불충분하다'는 취지로 무죄를 선고하였고 효험이 없는 굿을 하면 마치 효험이 있을 것처럼 속였다는 혐의에 대해 2심은 '무속은 과학적으로 충분히 설명되지는 않지만 의뢰자는 반드시 그 결과의 달성을 요구하기보다는 마음의 위안이나 평정을 목적으로 하는 것이 대부분이어서 그 결과가 이루어지지 않았다는 사정만으로는 기망으로 보기 어렵다'는 이유로 무죄를 선고하였습니다.

또 한편 법원은 약 2년의 기간 동안 40여 차례나 굿을 하면서 그 비용으로 약 18억 원의 돈을 받아 챙긴 경우에는 사기죄를 인정하기도 하였습니다.

위와 같은 법원의 태도를 개략적이나마 정리하여본다면,

굿 자체를 할 의사나 능력이 없으면서도 그 비용을 받으면 사기죄에 해당하는데 사실 이 부분은 신을 믿거나 믿지 않는 영역에서 발생하는 문제는 아닙니다.

굿을 의뢰한 사람이 처한 상황과 그가 목적했던 결과에 대한 의지, 굿이나 점을 보는 일에 대한 대가의 크기 등을 종합적으로 고려해,

① 굿을 맡긴 사람이 추구하는 주된 목적, 그러니까 적당한 비용으로 마음의 위안이나 평정을 얻으면서 다행스럽게 하고자 하는 일에 굿이 도움이 되는 정도를 바란다면 그 목적과 비용에 비추어 사기죄에 해당하지 않지만,

② 수 억, 수십 억의 굿 비용이 지급되는 경우처럼 의뢰자가 달성하려는 목적이 마음의 위안과 평화를 넘어 실질적으로 굿이 장래의 일에 대해 어떠한 영향을 미치기를 원했고 무속인도 그와 같은 사정을 인식하여 그에 상응하는 대가로서 상식을 벗어나는 범위의 돈을 받았다면 사기죄에 해당한다고 해야 할 것입니다.

유비의 거짓말과
강제집행 보조 절차

　오군은 적벽대전에서 승리한 후 형주를 얻을 수 있다고 생각했습니다만 위의 조인과 오의 주유가 혈투를 벌이는 사이 촉의 유비가 남군성 점령을 시작으로 형주, 양양을 차례로 수중에 넣게 됩니다.

　유비가 주유에게 형주를 공격할 기회를 양보했음에도 불구하고 조인과 주유가 혈전을 벌이는 틈을 타 남군성을 비롯한 형주와 양양을 점령했으니, 오의 입장에서는 약속을 어긴 유비 때문에 황당하기도 하고 억울하기도 했을 겁니다.

그래서 손권은 노숙을 시켜 유비에게 형주를 돌려달라고 하였고 이에 유비는 자신이 했던 약속을 기억하면서도 '유기가 죽으면 형주를 돌려주겠다', '촉을 점령하면 형주를 돌려주겠다'는 핑계로 오에 형주를 돌려주지 않았습니다.

형주는 부동산이라 어디 숨길 수 있는 것도 아니니, 오늘날로 치자면 소송으로 토지에 대한 소유권 이전등기를 청구하고 그 소송의 판결문을 기초로 소유권 이전등기를 마치면 됩니다.

위의 경우와 달리 확정된 승소 판결문을 가진 채권자가 채무자로부터 돈을 받고 싶어도 채무자 명의의 재산이 없어 돈을 받지 못하는 상황이라면 어떻게 해야 할까요? 이런 상황에서 채권자가 시도해볼 수 있는 절차를 한번 살펴볼까 합니다.

① 재산 명시 절차는 승소 판결문을 가진 채권자의 신청에 따라 법원이 채무자로 하여금 채무자 명의의 재산과 일정

기간 내 채무자 재산의 처분 상황을 적은 재산 목록을 제출하게 하고, 그 진실성에 관해 선서하게 함으로써 채무자의 재산 상태를 공개하도록 하는 절차입니다.

채무자에 대한 송달이 불가능하거나, 제출된 내용으로 보아도 채무자의 재산이 없거나, 아예 채무자가 명시기일에 출석하지 않는 경우가 많아 그 자체로 크게 효과가 있는 제도는 아닙니다.

② 채무불이행자 명부등재 신청이라는 제도가 있습니다. 말 그대로 돈을 갚지 않는 사람들의 이름이 적힌 장부에 채무자의 이름이 적히도록 신청하는 제도인데요.

법원이 명부등재 결정을 하게 되면 돈을 지급하지 않는 채무자의 이름, 주소, 주민등록번호 등이 명부에 적히고 그 명부는 채무자의 주소지 행정관서에 비치되어 일반인에게 열람·복사가 허용될 뿐만 아니라 금융기관의 장이나 금융기관 관련 단체의 장에 보내져 채무자에 대한 신용정보로 활용될 수 있습니다.

언급하는 세 가지 방법 중 비교적 효과가 있는 방법입니다.

③ 재산 조회 제도는 첫번째 방법인 재산 명시 절차가 끝나거나 그에 앞서 법원의 재산 명시 명령이 채무자에게 송달조차 되지 않을 때 채권자가 공공기관이나 금융기관 등에 채무자 명의의 재산을 조회할 수 있는 제도입니다.

구체적으로 법원행정처(부동산), 특허청(지적재산권), 특별시·광역시 또는 도(자동차, 건설기계), 은행, 증권사 등에 재산 조회를 하고 그 결과 채무자 명의의 재산이 발견되면 채권자가 발견된 재산에 대해 강제집행을 하게 됩니다.

확정된 승소 판결문까지 손에 쥔 채권자가 돈을 갚지 않는 채무자에게 판결문으로써 어떤 조치도 취할 수 없다면 채권자 입장에서는 참 억울하기도 하고 답답하기도 할 텐데요. 이런 때 시도해볼 만한 방법으로서 강제집행 보조 절차를 살펴보았습니다.

동작대를 완성한 조조와
공사의 어려움

조조는 동작대를 완공한 기념으로 성대한 연회를 베풀면서 휘하 장수들의 활쏘기 대회를 열었습니다. 조휴, 문빙, 조홍, 장합, 하후연 등이 참가했지요.

서황은 표적이 아니라 아예 상품이 걸린 나무를 쏘아 비단 전포를 차지하려 했고, 그걸 본 허저가 화살 한 발 쏘지 않은 채 서황 수중에 있던 비단 전포를 뺏으려 하면서 둘의 싸움이 시작됩니다.

싸움 때문에 비단 전포는 찢기고 연회는 난장판이 되었지만 오히려 조조는 모두에게 비단을 나누어 주며 화기애애하게 다툼을 마무리합니다.

조조야 사실상 황제의 자리에 있던 사람이니 신축이든, 리모델링이든 큰 어려움 없이 공사를 완공하고 성대한 연회까지 열 수 있었습니다만,

'공사 한 번 하면 10년 늙는다'는 얘기처럼 현실 세계에서 공사를 진행하는 일이 그리 쉬운 일은 아닙니다.

최근에 재건축과 관련해 안타까운 기사를 본 적이 있습니다.

'재건축을 위해 공사를 시작했다가 공사가 마무리될 즈음 하청업체들이 시공사의 공사비 미지급을 이유로 공사했던 건물을 점유하기 시작했고, 그와 관련해 오랜 시간을 거쳐 대법원 판결까지 받았으나 또 다른 관련 소송의 진행으로 인해 재건축을 시작했던 입주민들이 여전히 완성된 건

물에 들어가지 못한 상태로 비용은 비용대로 부담하고 있다'는 내용이었는데요. 사실 이 정도라면 공사와 관련해 건축주가 겪을 수 있는 최악의 경우라고 해도 될 정도입니다.

공사의 어려움에 관해 개략적으로 살펴볼까요?

① 신축과 리모델링 사이의 고민

건물을 신축하는 경우도 더러 있습니다만 거의 대부분 리모델링을 하게 됩니다.

주로 건폐율이나 용적률 등의 문제 때문인데요. 예전부터 있던 동네를 보면 최근에 형성된 동네와 달리 건물과 건물이 다닥다닥 붙어 있는 모습을 볼 수 있습니다. 건폐율 때문인데요. 건폐율은 부지의 면적에서 건물의 바닥 면적이 차지하는 비율을 의미합니다. 지금은 예전보다 건폐율이 많이 줄어든 상태라, 기존 건축물 특례 적용으로 건물의 건폐율이나 용적률이 유지될 수 있도록 신축보다는 리모델링을 선택하는 경우가 많습니다. 싹 밀어버리고 다시 짓기만 하면 되는 신축보다 리모델링을 선호하는 이유입니다.

② 공사 비용과 하자의 문제

가장 다툼이 많이 발생하는 부분입니다.

'돈을 먼저 줬더니 업체가 공사를 열심히 안 해요.'
'그럼 먼저 주지 않으면 되잖아요?'
'돈을 먼저 주지 않으면 공사 시작이 되지 않는데 어떻게 해요?'

그래서 공사 비용은 계약금이 지급된 후 공사가 진행된 정도에 따라 그 비율만큼 지급되도록 정하는 경우가 많습니다. 다만 공사 전문가가 아닌 건축주 입장에서는 공사 진행의 정도를 알기가 어렵다는 문제가 있습니다.

더군다나 거의 대부분의 건축주들이 가지고 있는 돈에 융자 받은 돈을 더해 공사를 진행하기 때문에 공사의 지연은 곧 불필요한 이자의 증가라는 손해로 이어지게 되는데, 건축주와 공사 업체 사이의 다툼이 바로 그 공사 지연의 원인이 될 수 있습니다. 이런 위험을 무릅쓰고 건축주가 스스로 잘 알지도 못 하는 공사의 기성고 비율을 따져 공사 업체와 공사 비용에 관해 다투는 일은 정말 쉽지 않습니다.

공사가 끝난 후에도 하자가 발견될 수 있는데, 이론상으로야 하자 보수 청구권이 존재합니다. 하지만 하자로 인해 당장 아쉽고 불편한 건축주가 공사로 인한 하자가 맞는지, 보수가 가능한 하자인지, 보수가 가능하다면 언제, 어느 정도로 보수해야 하는지, 보수가 불가능하면 어느 정도의 금전으로 배상 받아야 하는지 등을 따져 원하는 하자 보수를 받는 일 또한 쉽지 않습니다.

그래서 공사가 끝난 이후에도 건축주가 약정한 공사 대금의 일부를 지급하지 않은 채 보관하기도 하는데 이와 관련한 다툼 역시 적지 않습니다.

③ 유치권의 문제

앞서 언급한 사례처럼 공사의 현실적 어려움 중 건축주가 마주할 수 있는 곤란함의 끝판왕이라 할 수 있습니다.

공사 비용으로 다툼이 생기게 되면, 최악의 경우에는 공사를 진행했던 업체가 '돈 줄 때까지는 못 떠나겠어'하고 건축물을 점유하면서 유치권을 행사하는 경우가 있습니다.

소유자가 법원에 소송을 제기해 문제를 해결하는 방법과 업체와의 협상으로 문제를 해결하는 방법을 생각해볼 수 있겠네요.

적지 않은 융자를 끼고 있는 건축주에게는 시간의 경과 자체가 손해인 점, 대법원까지 거쳐야 할 정도라면 짧게 잡아도 2~3년 정도의 시간이 소요되는 점, 이 과정에서 필요한 소송비용이나 증가된 대출 이자, 정신적 고통, 승패에 대한 불확실성 등을 감안하면 현실적으로 소송을 통한 해결 방법은 결코 쉽지 않은 방법입니다.

건축주로서는 부득이 협상에 의한 방법을 선택할 수밖에 없는데, 앞서 말한 것처럼 처음부터 시간의 경과에 따라 유불리가 나누어진 상태라면 협상 역시 쉽지 않습니다. 협상이라고 적었으나 사실은 '업체의 뜻에 따라'라고 하는 편이 맞을 겁니다.

공사를 진행하면서 겪을 수 있는 현실적인 어려움에 관해 개략적으로나마 한번 살펴본 글이었습니다.

벌거벗은 채 북을 친 예형과
공연음란죄

예형은 조조와 그의 신하들 면전에서 그들을 '초상집에 심부름이나 갈 정도(순욱)', '말이나 키울 정도(허저)', '술 찌꺼기나 먹일 정도(만총)', '개백정(서황)', '돈이나 긁어모으는 탐관오리(조인)'로 표현할 정도로 대단한 독설가였지만 또 한편으로는 한 번 스치듯 본 것까지 모두 기억하고 천문지리에 능하며 유불선의 도리에 모두 통달하였을 정도의 인재이기도 했습니다.

그런 이유로 조조나 유표 모두 예형을 탐탁치 않게 여겼으나 그렇다고 함부로 그를 죽일 수도 없었습니다.

예형이 얄미웠던 조조는 그에게 모멸감이라도 주자 싶어 큰 잔치에서 북을 치던 예형의 옷을 문제 삼은 적이 있습니다. 이 때문에 예형이 벌거벗은 채 북을 쳤다는 일화가 나오는데요.

항의의 뜻을 담아 나체로 북을 친 예형을 공연음란죄로 처벌할 수 있을까요?

마침 대법원 판결 중 이와 거의 유사한 사례에 관한 내용이 있습니다. 주차 문제로 말다툼을 하다가 '술을 먹었으면 먹었지 술을 똥구멍으로 먹었냐'는 가게 주인의 얘기에 항의하기 위하여, 다시 가게로 와 가게 주인의 딸 앞에서 등을 보인 채 바지와 속옷을 무릎까지 내린 후 엉덩이를 들이밀며 '똥구멍으로 술을 어떻게 먹느냐? 내 똥구멍에 술을 부어봐라'면서 소란을 피운 사건입니다.

대법원은 공연음란죄에서의 음란한 행위란 일반적인 사

람들의 성적 흥분을 유발하고 성적 수치심을 해하여 성적 도의관념에 반하는 행위라는 전제에서, 사례에서의 행위가 경범죄 처벌법 위반에 해당할 수는 있으나 뒤돌아서서 엉덩이를 보여준 행위만으로 성적 흥분을 유발하거나 성적 수치심을 해할 정도는 아니므로 공연음란죄에 해당하지는 않는다고 판단하였는데요.

예형의 행위는 어떨까요?

판결의 사례처럼 뒤돌아서서 엉덩이를 보여준 정도가 아니라 앞뒤 가리지 않고 아예 벌거벗고 북을 친 예형의 행위라면 보는 사람들의 성적 수치심을 해할 정도는 되지 않을까라는 생각에 필자는 예형의 행위가 공연음란죄에 해당한다는 결론을 내리고자 합니다.

호통으로 하후걸을 죽게 한 장비와
폭행죄

　장판교 위에서 장비가 홀로 조조의 대군을 막아섰던 유명한 장면이 있습니다.

　장비가 두려웠던 조조의 장군들과 병사들은 더 이상 나아가지 못하는 상황이었고, 이 소식을 들은 조조가 직접 장판교로 오자 장비가 우레와 같은 호통을 내질러, 조조의 곁에 있던 하후걸이 호통 소리에 놀란 나머지 말에서 떨어져 죽었다고 하는데요.

비슷하게 유요와 싸우던 손책이 우미를 사로잡아 가던 중 그 모습을 보고 달려온 번능이 손책을 찌르려 하자 손책이 고개를 돌려 벽력 같은 고함을 지르니 번능이 놀라 말에서 떨어져 죽었다는 내용도 있습니다.

호통에 의해 다쳐서 죽은 것인지, 호통에 놀라 떨어지면서 낙상으로 인해 죽은 것인지 불명하지만 '소리가 폭행에 해당할까'라는 관점에서 글을 적어볼까 합니다.

폭행의 기본적 개념은 신체에 대한 유형력의 행사입니다.

① 신체에 대한 행사이기 때문에 영화 속 장면처럼 재떨이를 던져 맞히지 못했다 하더라도 신체를 향했던 그 행위는 폭행에 해당합니다.

② 유형력의 행사이기 때문에 '때리지 않았다, 톡 쳤다', '치지도 않았다, 살짝 닿았다', '그냥 팔만 잡았다'고 얘기하여도 이런 행위는 폭행에 해당합니다. 사건을 맡게 되면 자주 듣게 되는 얘기들인데요, 반드시 아플 정도로 때려야만

폭행이 되는 것은 아닙니다.

이런 점들 때문에 호통친 행위 자체를 폭행으로 보기는 어렵겠습니다만, 예외적으로 소리를 내는 행위가 폭행이 될 수도 있습니다. 얘기를 하는 사람이 상대방의 귀에 대고 엄청나게 큰 소리를 질러 상대방의 고막이 찢어지거나 귀가 멍하게 할 수는 있는데 바로 이런 경우입니다.

장판교에서 소리를 지른 장비가 하후걸에게 소리를 지른 것도 아니고 하후걸의 귀에 대고 소리를 지른 것도 아니니 장비의 행위를 폭행으로 처벌할 수는 없습니다. 하지만 우리가 막연히 생각하듯 '반드시 아프게 때려야 폭행이다'라는 명제가 옳지 않다는 점은 다시 한번 짚어보고 싶습니다.

삼국지 속 재판 이야기

제갈공명의 추천에도 불구하고, 유비는 방통의 볼품없는 외모에 실망한 나머지 방통을 중하게 쓰지 않고 시골의 현령으로 앉혔습니다.

불만을 품은 방통이 제때에 일을 처리하지 않아 송사가 쌓였고, 이 소식을 들은 유비가 장비를 보내자 방통은 장비에게 하루만에 밀린 일을 모두 처리하겠다고 큰소리를 치더니 실제로 다음 날 모든 송사를 처리해버렸습니다.

아주 오래전이니 현재와 같이 민사, 형사, 행정재판이라는 분류도, 1심, 2심, 3심으로 나누어진 심급제도도, 증거재판주의라는 원칙도 제대로 갖춰져 있지는 않았겠습니다만, 어찌되었든 그 시대에도 지금과 같은 재판이 있기는 했습니다.

앞서 적은 일화에 착안해 우리가 무심코 사용하는 재판 관련 용어들 중 헷갈리기 쉬운 것들에 관해 정확한 의미를 한번 살펴보고자 합니다.

고소와 제소? 고소는 '아무개가 이런 잘못을 하여 내가 피해를 입었으니 수사기관에서 수사해 처벌해달라'는 내용을 담은 수사의 단서이고, 제소는 '소송을 제기하였다'는 의미입니다. 가끔 '고소당했다'라는 분들이 있습니다만 내용을 들어 보면 '민사소송의 피고가 되었다'는 의미인 경우가 적지 않습니다.

고소와 고발? 쉽게 말해 피해를 입은 사람이 수사기관에 수사를 의뢰하면 고소이고, 피해자가 아닌 제3자가 수사기관에 수사를 의뢰하면 고발입니다.

'피해를 입지 않은 변호사도 고소장을 제출하던데요?' 네, 그건 고소 대리입니다.

항소, 상고, 상소? 상소는 심급제에서 하급심의 판결에 불복해 다시 상급심의 판단을 구하는 소송 당사자의 행위인데요. 항소는 1심의 판단에 불복해 2심의 판단을 구하는 것을 의미하고 상고는 2심의 판단에 불복해 3심의 판단을 구하는 것입니다.

기소와 제소? 기소는 법원에 형사소송을 제기한다는 의미인데, 우리나라는 기소독점주의이기 때문에 검사만이 기소할 수 있습니다. 넓은 의미에서 기소도 제소의 한 종류로 볼 수는 있겠습니다만, 통상 제소라고 하면 '민사소송을 제기했다', '행정소송을 제기했다' 정도의 의미로 이해하시면 되겠습니다.

피의자와 피고인? 피의자는 경찰이나 검찰로부터 범죄의 혐의를 받아 수사를 받고 있는 사람이라는 의미이고, 피고인은 검사에 의해 기소되어 형사재판을 받고 있는 사람을 의미합니다.

피고와 피고인? 앞서 적은 형사재판에서의 피고인이라는 의미와 달리, 피고는 형사재판이 아닌 재판에서 소송의 상대방으로 특정되어 소 제기를 당한 사람을 의미하는데요. 간단히 원고의 반대 당사자로 이해하시면 되겠습니다.

구형과 선고? 구형(求刑)은 말 그대로 검사가 법원에 피고인에게 선고될 형을 구하는 행위를 의미하고, 이에 법원이 판단 결과를 공개 법정에서 알리는 것을 선고라고 합니다.

참고인 소환? 기사나 뉴스에서 굉장히 자주 사용되는 표현이지만 엄밀히 따지자면 올바른 표현은 아닙니다. 수사에는 임의동행 같은 임의수사와 체포, 구속 같은 강제수사가 있고, 원칙적으로 강제수사는 반드시 법원이 발부한 영장에 근거해야만 합니다.

우리 형사소송법은 원칙적으로 참고인 조사뿐만 아니라 피의자 신문까지도 임의수사로 규정하고 있으므로 혐의를 받는 피의자라 하더라도 출석 의무를 지지는 않습니다. 하물며 혐의를 받고 있는 피의자도 아닌 참고인이니 출석 의무를 부담할 이유는 없겠지요. 그런데 소환이라는 표현은 일방의 의사에 따라 다른 일방을 불러들인다는 의미를 품고 있으니 참고인 조사의 법적 성질에 알맞는 표현을 찾을 필요가 있습니다.

쌍철극을 손괴한 호거아

조조가 장수라는 인물과 싸운 이후 그 싸움에서 죽은 장병들의 위령제를 지내며 '조앙과 조안민을 잃은 것보다 전위를 잃은 것이 더 슬프다'고 애기했을 정도로 아끼던 장수가 전위였습니다.

하후돈에 의해 발탁된 전위는 혁혁한 전공은 물론 여포와의 복양 전투에서는 불타는 기둥에 깔린 조조를 구하기도 했었는데요.

조조를 죽이려던 장수와 호거아는 전위를 가장 큰 걸림돌로 생각해 그의 쌍철극을 빼앗으려 하였습니다. 계략에 빠져 인사불성이 될 정도로 술을 마셨던 전위는 쌍철극도 없이 조조를 노린 기습에 맞서는데요. 그 기습 속에서 조조는 전위의 희생 덕에 겨우 목숨을 건질 수 있었습니다.

쌍철극을 숨긴 호거아의 행위는 어떤 죄에 해당할까요?

손괴죄는 '타인의 재물 또는 문서 등을 손괴 또는 은닉 기타의 방법으로 그 효용을 해하는 범죄'로, 죄명이 손괴이다 보니 언뜻 보아서는 타인의 물건 등을 부수거나 파괴해야 성립하는 범죄처럼 보입니다. 하지만 물건을 숨겨 짧은 시간 동안이라도 숨긴 물건을 용도대로 사용하지 못하게 하는 행위 역시 물건의 효용을 해하는 행위이기 때문에 손괴죄에 해당합니다. 호거아의 행위는 손괴죄에 해당할 수 있겠네요.

'인사불성이 된 전위의 쌍철극을 가져간 행위를 강도죄 또는 절도죄로 볼 수도 있지 않나요?'

강도죄와 절도죄는 손괴죄와 달리 소유자의 지위를 배제한 채 일시적으로라도 그 물건의 소유자가 되려는 의사를 요건으로 합니다. 보통 사람은 무거워 들 수도 없는 쌍철극이라면 호거아가 쌍철극을 자신의 무기로 사용하려 했다기보다는 전위가 사용할 수 없도록 잠시 숨기려 했다고 보는 편이 더 자연스럽다는 생각입니다.

호거아가 쌍철극에 인분을 잔뜩 묻혔다면 어떨까요?

'아, 정말 더러워서 못 쓰겠네, 일단 다른 무기를 쓰고 나중에 씻어서 써야겠구만.'

앞서 적은 바와 같이 손괴죄는 일시적일지라도 물건의 이용 가치를 침해하면 성립하는 범죄인데, 쌍철극이 필요한 순간에 전위가 쌍철극을 사용하지 못했으니 이 경우에도 손괴죄가 성립한다고 해야겠네요.

볼품없는 외모의 방통과
가짜 프로필 사진

외모와 관련해 연의에 등장하는 사람 중 인물이 좋은 사람으로는 원소, 주유, 육손이 있고, 그 반대로 외모가 볼품없는 사람으로는 방통, 장송이 있습니다.

노숙의 소개로 방통은 손권과 대면한 일이 있는데 요즘으로 치자면 면접쯤 되겠네요.

처음부터 방통의 외모가 마음에 들지 않았던 손권이 방통에게 '당신의 재주가 주유와 비교하여 어떠한가?'라고 묻자

이미 속이 뒤틀린 방통 역시 거만하게 대답하여 손권이 방통을 등용하지 않은 일이 있었습니다. 전후 사정으로 보아 방통 역시 손권과 함께할 생각은 딱히 없어 보이기도 합니다만.

관계의 시작만 놓고 본다면 예나 지금이나 훌륭한 외모가 상당한 영향을 미치나 봅니다.

살짝 다듬어졌거나 실제 모습보다 많이 잘 나온 사진을 사용하다 보니, 이런 사진에 혹한 이성이 사진의 주인공을 실제로 만난 후 사진과 실제 모습이 많이 달라 크게 실망했다면 사진을 사용한 사람에게 어떤 책임을 물을 수 있을까요?

① 우리가 자주 쓰는 말처럼 사기일까요?

실제 모습과 다른 가공된 사진이니 사기죄에서의 기망행위처럼 속인다는 공통점이 있기는 합니다만, 사기죄는 재산죄이므로 사진에 속은 사람이 재산상 피해를 입지 않았다면 더 살필 필요 없이 사기죄가 성립하지는 않습니다.

② 재산죄인 사기죄가 안 된다면 재산상 피해를 요건으로 하지 않는 위계에 의한 업무방해죄는 어떨까요?

업무는 사회적 지위에 기한 계속적 활동을 의미하는데, 반드시 경제적인 사무일 필요도, 주된 업무일 필요도 없습니다.

미혼인 사람이 애인이나 배우자를 찾는 일이라면 언뜻 보기에 미혼이라는 사회적 지위에 기해 짝을 찾는 활동을 계속하는 것이니 이 행위를 업무로 볼 수도 있겠습니다.

이제 남은 요건은 속였다는 의미의 위계인데요. 사진과 실물을 함께 본 대부분의 사람이 '도저히 같은 사람이라고 할 수 없다'는 정도가 돼야 위계입니다만, 실망감에서 벗어나 차분하게 본다면 같은 사람인데 그렇게까지 다르겠습니까.

사기라는 표현으로 실망감을 표현하는 우리의 모습에 착안해, 가벼운 마음으로 업무나 생김새와 관련한 기망행위에 관해 살펴보았습니다.

'최고의 변호사, 남변!'은 기망행위?

조조 진영에 인재가 없다는 예형의 얘기에 조조가 '순욱, 순유, 곽가, 정욱은 소하와 진평보다 낫고 장요, 허저, 악진, 이전은 잠팽과 마무보다 나으며 하후돈은 천하의 기재다'라고 대답하자, 이에 예형이 '초상집에 심부름이나 갈 정도(순욱)', '말이나 키울 정도(허저)', '술 찌꺼기나 먹일 정도(만총)', '개백정(서황)', '돈이나 긁어모으는 탐관오리(조인)'라고 답한 적이 있습니다. 이 일로 조조가 예형을 얄밉게 여기면서 예형이 나체로 북을 치게 된 얘기를 앞서 살펴보았습니다.

'순욱, 순유 등이 소하나 진평보다 낫다'거나 '장요, 허저 등이 잠팽과 마무보다 낫다'는 얘기는 사실과 달라 사기죄에서의 기망행위가 될 수 있을까요?

우리 역시 일상생활에서 '진짜 예뻐', '진짜 잘생겼어', '세상에서 제일 착해', '이윤 하나도 안 남기고 팝니다', '한 강변 최고의 풍경을 자랑하는 아파트' 등등의 표현을 적지 않게 사용하거나 듣습니다. 사실 이 부분은 법적으로도 사실에 관한 주장과 가치판단의 경계선에 관한 문제로 꽤 의미가 있는 부분인데요.

그렇다고 사실에 관해서만 기망행위가 성립하고 가치에 관해서는 기망행위가 성립하지 않는다는 의미는 아닙니다. 내가 내린 가치판단 자체는 나의 가치관이나 식견에 따라 내린 판단이니 그것을 두고 속였다라고 표현할 수 없겠습니다만, 내가 내렸던 판단이라는 결과 자체를 다른 사람에게 전달하면서 내용을 바꿔버린다면 가치의 영역에서도 기망행위가 성립할 수 있습니다.

예를 들자면, 감정평가사가 감정물의 가치를 100만 원이라고 판단한 행위 자체는 아무 문제가 없습니다만, 100만 원이리고 평기된 기치를 다른 사람에게 전달하면서 1,000만 원이라고 전달하게 되면 그것은 기망행위입니다.

보통 가치판단에 근거해 다소 과장된 표현은 사기죄에서의 기망행위로 보지 않습니다만, 그 내용에 관해 구체적으로 증명이 가능함에도 내용을 달리 전달하였을 경우에는 기망행위가 될 수 있다고 얘기합니다. 대법원이 판단했던 구체적 내용을 한번 살펴볼까요?

① 아파트를 분양하면서 아파트의 평형이 과장된 경우에는 기망행위로 보지 않은 사례가 있습니다.

'구체적으로 증명할 수 있으면 사기죄라면서요? 아파트 평형이야 재면 알 수 있는 건데 왜 기망행위가 아니라고 하나요?'

평형에 평당 단가를 곱해 아파트의 가격을 정하기 위한 수단으로 평형을 사용하였다면 기망행위가 될 수 있겠습니다만, 그보다는 분양하고자 하는 대상을 다른 대상과 구분하고자 하는 목적으로 평형을 사용하였기 때문에 기망행위가 아니라고 판단한 사례입니다.

② '우리 식당은 한우만 팝니다'라고 하였으나 알고 보니 한우가 아니었던 경우에는 기망행위를 인정한 사례가 있습니다.

한우인지 아닌지는 고기의 도축 과정과 유통 과정을 확인하면 곧바로 알 수 있고, 식당 역시 한우라는 이유로 가격을 더 받았으며 소비자 역시 식당의 말을 믿고 상대적으로 저렴한 수입 쇠고기의 가격이 아닌 한우의 가격으로 돈을 지불했을 테니 기망행위로 볼 수 있을 것 같습니다.

③ 이전에 출하된 적 없는 신상품인데도 출하하면서 종전 가격 및 할인 가격을 비교 표시해 곧바로 세일에 들어가는 백화점의 변칙세일을 기망행위로 본 사례가 있습니다.

이월상품인지 신제품인지는 시장조사 등으로 확인할 수

있을 텐데요. 위와 같은 광고는 '사실 이 제품이 백만 원 짜리이지만 이번에 90% 할인해서 특별히 십만 원에 싸게 파는 겁니다'라는 취지이고 이 광고를 믿은 소비자는 실제로는 십만 원짜리 상품을 사면서도 '아, 이 상품의 가치가 백만 원인데 내가 십만 원으로 싸게 사는구나' 하면서 사는 것이니 이런 변칙세일은 기망행위로 볼 수 있겠습니다.

다시 삼국지로 와 '순욱, 순유가 소하, 진평보다 낫다'거나 '장요, 허저가 잠팽, 마무보다 낫다'는 표현은 어떨까요?

사실 위에 언급된 사람들이 같은 시대의 사람도 아니고 주어진 환경과 했던 일이 동일하지 않은데 무슨 수로 구체적으로 증명할 수 있을까요. 이 표현은 조조가 자신과 함께 하는 인재들에 대해 자부심이 깃든 가치판단을 전한 것이니 이런 표현을 기망행위라고 하기는 어렵습니다.

다듬어진 사진과 많이 다른 이성을 소개하면서 '진짜 잘생겼어', '진짜 예뻐', '세상에서 제일 착해'라고 말한 사람의 표현은 어떨까요?

소개자가 두 사람이 잘 지낼 수 있도록 희망하면서 다소 과장된 표현을 사용한 것이니 기망행위라고 할 수는 없겠죠. 이런 행위를 죄라고 하면 무서워서 소개나 할 수 있을까 싶네요.

'구체적으로 증명 가능하면 기망행위라면서요? 제일이라는 표현은 증명 가능한 거 아닌가요?'

네, '최고'나 '제일' 같은 표현은 그 자체로 '유일무이하다'는 의미를 내포하고 있으니 위와 같은 반문이 가능할 수 있겠습니다만, '최고'나 '제일'을 확인하기 위해 세상의 모든 사람, 모든 제품, 모든 기술자들을 일일이 만나 확인하고 비교할 수는 없으니 '그 정도로 탁월하다'는 정도의 가치판단으로 본다면 '유일무이'함을 내포한 표현이라도 기망행위로 보기는 어려울 것 같습니다.

어? 결론적으로 '최고의 변호사, 남변입니다'는 기망행위가 아니었네요!

마음을 훔친 절도죄

당연하지만 이론적으로 접근해봅시다.

조조의 첩자였던 장간은 적벽대전에서 주유의 대화를 엿듣기도 했고 주유 몰래 편지를 읽기도 했던 인물인데, 짧은 등장에도 불구하고 의외로 필자에게 적지 않은 글의 소재를 제공하고 있습니다.

첩자인 장간의 의도와 달리 주유는 장간의 정체를 알고서 일부러 대화 내용을 흘리고 엉터리 내용의 편지를 보게 하여 장간을 역이용합니다.

 일부러 장간으로 하여금 편지를 보게 했으니 장간이 주유의 편지를 본 행위를 죄로 볼 수는 없겠습니다만, 주유가 장간의 정체를 몰랐다면 어떨까요?

 ① 장간이 편지를 읽어 그 내용을 조조에게 전달한 것이 절도죄가 될 수 있을까요? 유사한 사례로 근무하던 회사에서 이직하며 회사의 보안서버에 저장된 중요한 기술을 저장매체에 담아 간 행위가 기술정보에 대한 절도죄에 해당할까요?

 결과부터 적자면 절도죄에 해당하지 않습니다.
 절도죄는 타인의 재물을 절취하였을 때 성립하고 재물은 유체물 및 관리 가능한 동력을 의미합니다. 편지의 내용이나 보안서버에 저장된 기술에 관한 내용은 모두 유체물이 아닌 정보로서 재물이 아니기 때문에 절도죄가 성립할 여지는 없습니다.

 '그럼 정보를 빼 가는 행위는 항상 처벌받지 않나요?'

그럴 리가요. 순수하게 정보만을 빼 가는 행위는 경우에 따라 업무상 배임죄에 해당할 수 있고, 정보만을 빼 가는 것이 아니라 회사의 보안서버에 있는 내용을 회사의 종이로 출력하거나 회사의 USB에 담아 간다면 종이나 USB에 대한 절도죄로 처벌받을 수 있습니다.

② '그깟 종이 한 장이 얼마나 한다고? 절도죄의 객체는 어느 정도 가치가 있어야 하는 거 아닌가요?'

절도죄의 객체라 해서 반드시 경제적 가치가 있는 유체물일 필요는 없고, 나아가 남들이 보기에 전혀 가치가 없더라도 소유자에게 가치가 있는 것으로 충분합니다. 예를 들자면, 영화 「실미도」에서 배우 설경구가 소지하고 있던 어머니의 흑백사진은 다른 사람에게는 전혀 가치가 없는 물건이지만, 적어도 자신에게는 세상에 하나 남은 어머니의 사진으로 다른 무엇과도 바꿀 수 없는 특별한 가치가 있는 물건이기 때문에 재물에 해당합니다.

③ 영화 속 사례로 절도죄와 사기죄의 경계선에 관해 살펴

볼까요?

「꾼」이라는 영화 초반에 배우 나나가 금은방에서 목걸이를 보는 척하면서 주인 몰래 목걸이를 슬쩍 챙기자, 잠시 후 배우 배성우, 안세하가 들어와 목걸이를 슬쩍 챙긴 나나를 체포하는 척 하면서 증거물이라며 금은방 주인으로부터 목걸이를 받아 나갑니다. 그 다음 장면에서 셋은 차에서 목걸이를 보면서 낄낄대며 웃고 있는데요.

편의상 행위를 나누어보자면 나나가 목걸이를 슬쩍 챙긴 행위는 절도죄에 해당하고, 나나, 배성우, 안세하가 증거물인 것처럼 주인으로부터 목걸이를 받아 나온 행위는 사기죄에 해당합니다.

어떤 차이 때문일까요? 가장 큰 차이는 속은 사람인 금은방 주인의 처분행위입니다.

나나가 목걸이를 챙기기는 했지만 금은방의 주인은 나나에게 '그 목걸이를 가져가도 좋다'는 취지의 의사를 표시한

적이 없었기에 나나의 행위는 절도죄에 해당합니다. 그에 반해 두번째 상황에서는 금은방 주인이 안세하, 배성우가 경찰인 줄 알고서 '증거물로 그 목걸이를 가져가도 좋다'라는 취지의 처분행위를 했기 때문에 이 행위는 사기죄에 해당합니다.

④ 최근에 결혼식에서 다수의 하객을 대표해 부조금을 내는 척하면서 부조한 하객의 수만큼 식사비 명목으로 지급되는 돈 봉투를 챙겼으나, 실제 부조한 돈은 식사비로 지급되는 돈보다 훨씬 적은 돈이었다는 내용의 기사가 있었습니다.

부조금 봉투마다 오천 원을 넣은 후 '신랑의 회사 동료들입니다' 하면서 서른 개의 봉투를 전달한 후 식사비 명목으로 이만 원씩 들어 있는 봉투 서른 개를 받아 온 행위는 사기일까요? 절도일까요?

적진에 투항한 장합과
전직금지가처분

조조가 식량기지를 습격하자 수비하던 장합은 원소에게 구원군을 요청했습니다. 곽도는 조조의 병력이 식량기지로 몰린 틈을 타 조조의 본진을 공격하는 계책을 내세웠고, 원소는 곽도의 계책을 따라 조조의 본진을 공격했습니다. 결국 대패한 장합은 구원군을 보내지 않았던 원소가 오히려 패전의 책임까지 자신에게 물으려 하자 조조의 진영에 합류하게 되는데요.

원소군 입장이라면 자신들의 내부 사정을 꿰뚫고 있는 장합이 전쟁의 상대방인 조조에게로 가려 하니 무슨 수를 써서라도 장합의 귀순을 막고 싶었을 테고, 반대로 조조군 입장이라면 장합을 반드시 귀순시키고 싶었을 텐데요.

원소군에 몸담았던 터라 적지 않은 군사 기밀을 알고 있던 장합이 조조군에 귀순해버린 일은 회사의 핵심 인력이었던 임원이 경쟁사로 이직한 사례와 상당히 닮았습니다.

소속 임직원이 경쟁사로 옮기지 못하도록 제동을 거는 전직금지가처분에 관해 살펴볼까요?

전직금지가처분을 아주 쉽게 표현하자면 '당신, 지금 그 회사에 입사하는 건 곤란해, 경쟁사로 가려면 좀 기다렸다가' 정도가 됩니다. 통상 이전에 다니던 회사가 전직금지가처분의 신청인으로, 이직하려는 사람을 피신청인으로 하여 절차를 시작합니다.

가처분은 피보전권리와 보전의 필요성을 요건으로 하는데, ① 피보전권리는 주로 이전 회사가 영업비밀 보호를 위해 이직하려는 사람과 했던 약속이 그 내용이 되고, ② 보전의 필요성은 '지금 이직하는 걸 막지 않으면 우리 영업비밀이 경쟁사로 넘어가 나중에는 돈으로도 배상할 수 없어요' 정도가 그 내용이 됩니다.

'퇴직할 때 각서를 제출하래서 이 년 동안 경쟁사로 취업하지 않겠다는 각서를 이미 제출했는데 어떻게 하지?'
'입사할 때 도장 찍은 계약서에 퇴직해서도 이 년간 경쟁업체에는 가지 않는다는 내용이 있는데 어떻게 하지?'

법원은 이직의 자유는 헌법에 보장된 직업의 자유에 근거한 점, 생계유지에는 돈이 필요하고 직업 활동이 바로 돈을 버는 수단이라는 점, 회사에 비해 근로자는 상대적으로 약자라는 점 등을 고려하여 근로자가 전직금지와 관련해 작성한 서약서나 각서의 유효 요건을 꽤나 엄격하게 살핍니다.

판결문의 일부인데 한번 살펴볼까요?

사용자와 근로자 사이에 전직금지약정이 존재한다 하더라도,

그 약정이 헌법상 근로자의 직업선택의 자유와 근로권 등을 과도하게 제한하거나 자유로운 경쟁을 지나치게 제한하는 경우에는 민법 제103에 위반해 무효라고 보아야 하며 전직금지약정의 유효성에 관한 판단은 보호할 가치 있는 사용자의 이익, 근로자의 퇴사 전 지위, 전직 제한의 기간·지역 및 대상 직종, 근로자에 대한 대가의 제공 유무, 근로자의 퇴직 경위, 공공의 이익 및 기타 사정 등을 종합적으로 고려하여야 한다.

근로자가 작성한 서약서가 있다 해도, 그 서약의 내용이 판결문이 언급한 요건을 충족하지 못하면 그 서약서는 무효가 되고 근로자는 자유롭게 이직할 수 있게 되는데, 실제 사례에서 회사가 이기는 경우가 많지는 않습니다.

조금 더 구체적으로 살펴볼까요?
△ 근로자의 지위. 영업비밀과 무관한 경비업무를 담당하던 직원까지 이직하지 못하게 하는 건 과하죠. △ 새로 취업하려는 회사의 지역·업종. 업종이 다르거나 거리가 아주 멀어 경쟁관계가 발생하지 않는 경우까지 이직하지 못하게 하는 것 역시 과하죠. △ 근로자가 이직하지 못하게 함으로써

회사가 얻는 이익. 영업비밀 유지를 주장하는데 회사 내부의 모든 정보가 영업비밀이라고 할 수는 없겠죠. △ 근로자의 퇴직 경위. 근로자가 더 이상 일할 수 없는 상황이고 그 원인을 회사가 제공했음에도 근로자로 하여금 다른 회사에도 다니지 못하게 하는 것도 과하죠. △ 근로자에 대한 대가의 제공. 회사 이익을 위해 퇴직 후에도 전직금지 의무를 부과하여 근로자의 자유를 제한하였다면 회사 역시 근로자의 생계유지를 위해 상응하는 대가를 지급해야겠죠. △ 제한의 기간. 전자제품의 수명 사이클을 보통 일 년이라고 하는데 이 년씩이나 이직하지 못하도록 하는 건 과하죠. 기간이 길어진 만큼 근로자의 생계에 미치는 영향도 크겠죠.

실제 소송을 해보면 적지 않은 회사가 위와 같은 요건을 갖추지 못해 소송에서 이기기 힘들다는 점을 알면서도 근로자를 상대로 소송을 진행하는 경우가 적지 않은데, 바람직하지 않지만 '경쟁사로 함부로 가면 우리 회사는 소송도 불사합니다. 조심하세요'라는 경고의 메시지를 현재의 직원에게 보내려는 의도로 추측됩니다.

앞선 글은 이직하려는 근로자의 권리를 중심으로 적었습니다만 회사가 충분한 준비를 하지 못한 상황을 악용하는 사례도 간혹 있기도 합니다.

근로자의 이직은 실제로 자주 일어나는 일이기도 하고 장차 내 일이 될 수도 있으니 회사의 입장에서든, 근로자의 입장에서든 전직금지의 요건을 한 번 정도는 살펴볼 필요가 있다 싶어 적어보았습니다.

목우유마와 영업비밀침해

수차례 북벌에 나섰으나 실패를 반복했던 공명은 여섯번째 북벌에 나서며 적어도 군량 때문에 철군하는 일이 반복되지 않도록 대비하기 위해 험한 길에서도 쉽게 군량을 운반할 수 있도록 목우와 유마를 만들었습니다.

공명은 그런 목우, 유마를 전략적으로 이용하기도 했는데요, 일부러 중달이 목우와 유마를 빼앗아 가게 하고 중달이 그 목우와 유마를 이용해 위군의 식량을 운반할 때 습격해 더 많은 군량을 빼앗아 오기도 했습니다.

중달이 공명의 혁신적인 발명품인 목우유마를 복제하였다는 점은 오늘날의 기준으로 보면 영업비밀을 침해한 행위로 볼 수도 있겠네요.

영업비밀이란 무엇일까요?

대법원은 ① 상당한 노력에 의해 비밀로 유지될 것을 영업비밀의 요건 중 하나로 보아 그 정보가 비밀이라고 인식될 수 있는 표시를 하거나 고지를 하고, 그 정보에 접근할 수 있는 대상자나 접근 방법을 제한하거나 그 정보에 접근한 자에게 비밀 준수 의무를 부과하는 등 객관적으로 그 정보가 비밀로 유지, 관리되고 있다는 사실이 인식 가능한 상태라고 하면서 ② 경제적 가치를 영업비밀의 또 다른 요건으로 보고 있습니다.

두 가지 요건인 것처럼 보이지만 조금 더 살펴보면 실제로 외부에 알려지지 않은 비밀이어야 하고, 단순히 알려지지 않은 상태만이 아니라 상당한 노력에 의해 그 정보가 비밀로 관리되어야 하며, 그런 비밀에는 경제적 가치가 있어야 한다는 의미입니다.

그러면 공명이 만든 목우유마를 복제한 중달의 행위는 영업비밀을 침해하였을까요?

촉군의 목우유마가 이전에 존재하지 않던 기능을 탑재한 혁신적인 물건임에도 위군에게는 목우유마의 기능이나 작동원리가 알려지지 않았고, 목우유마를 이용하면 험한 길이나 가파른 언덕에서도 효율적으로 군량을 수송할 수 있으니 경제적 가치도 있어 보입니다.

그런데 공명은 위군이 목우유마를 이용해 대규모로 군량을 수송할 때를 노려 위군으로부터 군량을 빼앗고자 일부러 위군이 목우유마를 빼앗아가도록 하였습니다. 비밀 유지를 위한 상당한 노력이 없었다거나 위군으로 하여금 영업비밀을 사용할 수 있도록 허락하였다고 볼 수 있겠네요.

위군은 촉군의 영업비밀을 침해하지 않았습니다.

장합과 업무상 재해

위의 명장 장합은 목문도에서 제갈량이 사마의를 잡기 위해 판 함정에 빠져 죽게 됩니다.

실제로 장합은 뛰어난 전략을 가진 장수였지만 연의에서는 그저 싸움만 잘하는 장군 정도로 묘사돼 있습니다. 장합이 사마의의 만류를 뿌리치고 기어이 퇴각하는 촉군을 공격하다가 매복한 촉군에 의해 죽음을 당한다는 내용입니다만, 정사에서는 오히려 사마의의 추격 명령에 대해 퇴각하는 군사에게는 퇴로를 열어주어야 한다고 주장한 것으로 나옵니다.

잠시 얘기가 딴 길로 샜습니다만, 일견하기에 장군인 장합이 전투 중에 사망하였으니 그 죽음은 업무와 인과 관계가 있어, 지금으로 치자면 보훈 혜택을 받거나 산업 재해 보상보험의 혜택을 받을 수 있을 것으로 생각됩니다.

일을 하다 다치거나 사망한 재해자나 재해자의 유족은 일차적으로 근로복지공단에 산재 승인 신청을 하고, 근로복지공단은 위 신청에 대해 '승인' 또는 '불승인' 처분을 합니다.

재해자나 유가족 입장에서야 산재 신청이 승인되면 더 다툴 일이 없겠습니다만, 불승인되었을 때에는 근로복지공단에 재심사 등을 청구하거나 그 절차를 거치지 않고 곧바로 행정법원에 산재 불승인 처분 취소 소송을 제기해 다투게 됩니다.

재해자가 산재보험의 혜택을 받게 될 수급자로서의 자격을 갖추었는지 여부나 재해가 업무로 인해 발생하였는지 여부가 주로 다투어지는데요. 두번째 쟁점에 관한 다툼이 압

도적으로 많기는 합니다.

  수급자의 자격과 관련해 해외 파견, 해외 출장이 문제되는 경우가 많습니다.

  가령 재해자가 A라는 한국법인에서 일을 하다 A와 관련 있는 B라는 외국법인으로 옮겨 일을 하던 중 재해를 당했을 때, 해외 출장이라면 재해자는 A라는 법인에서 가입했던 산재보험의 혜택을 누릴 수 있지만, 해외 파견이라면 B라는 외국법인이 따로 산재보험에 가입하여야만 재해자가 산재보험의 혜택을 누릴 수 있습니다. 보통 문제가 되는 경우는 외국에서 재해가 발생하였으나 별도로 산재보험에 가입되지 않은 상태인데요. 산재보험의 혜택을 주장하는 쪽에서는 해외 출장을 주장하고 산재보험의 혜택을 반대하는 입장에서는 해외 파견을 주장합니다.

  업무와의 인과 관계를 판단하는 기준은 무엇일까요?
  이론적으로는 업무 수행성과 업무 기인성이라고 표현합니다만 풀어 쓰자면 재해자가 수행했던 업무의 범위, 그 업무에 통상적으로 수반되는 행위의 범위, 업무를 수행했던 방식 등을 고려해 판단합니다. 아주 극단적인 예인데, 공사를 위해 건물 외부에 둘러놓은 비계 위에서 페인트를 칠하던 작업자가 물구나무선 채로 움직이며 발로 칠을 하다가 다쳤다면 비정상적인 업무수행 방식 때문에 업무와의 인과 관계를 인정받기 어렵겠죠.

또 한 가지 주로 문제되는 부분은 재해자가 이미 지병을 앓고 있는 경우인데요, 대법원은 이에 관해 '지병이 있다 하더라도 재해의 결과가 업무로 인하였거나, 업무와 지병이 함께 작용해 지병이 통상의 진행 속도 이상으로 악화되어 결과가 발생한 경우에도 인과 관계가 인정된다'는 취지로 판단하였습니다.

업무상 인과 관계에 관해 짧지 않은 내용을 적었습니다만, 업무 수행성이니 업무 기인성이니 업무의 범위나 수행 방식이라는 표현과 내용은 자로 잴 수 있는 길이처럼 곧바로 명확하게 확인할 수 있는 내용이 아니어서, 산재보험의 혜택을 받기 위해서는 근로복지공단이나 법원의 해석을 거쳐야 하고 이런 절차에 필요한 시간 또한 결코 짧지 않습니다. 재해 발생 후 결국 산재보험의 혜택을 받게 되더라도 재해라는 결과 자체나 산재 승인을 위해 소요됐던 시간은 고스란히 고통으로 다가올 수밖에 없다는 점에서, 근로자 스스로 자신의 안전을 확보하고 사용자 역시 근로자의 안전을 배려하여 현장에 존재하는 크고 작은 위험에 대비하는 마음가짐이 필요합니다.

명의 화타와 '타다'

시대를 뛰어넘어 명의로 추앙받는 화타는 두통을 앓던 조조를 살핀 후 '마취탕으로 마취 후 날카로운 도끼로 두개골을 갈라 뇌에 고인 나쁜 기운을 제거하자'는 얘기를 했다가 조조에 의해 죽임을 당했고, 그의 『청낭서』 역시 아내에 의해 태워집니다.

* 타다가 합법이라는 제1심 법원의 판결에도 불구하고 총선을 목전에 둔 시점에 급작스레 타다를 불법으로 규정했던 일에 관해 적었던 글입니다.

현대의 지식 수준이라면 누구나 화타가 얘기했던 내용을 수긍할 수 있겠습니다만, 서기 200년 무렵의 지식 수준에서 간웅이라 불리며 수많은 사람들로부터 목숨에 대한 위협을 받던 조조의 입장에서라면 화타가 터무니없는 얘기로 자신을 속여 죽이려 한다고 오해할 만하다는 생각이 들기도 하는 대목입니다.

이미 존재하고 있는 상태를 바꾸거나 존재하지 않는 것을 만들어내는 변화는 때로는 혁신이라는 이름으로 각광받기도 하지만, 반대로 일탈이라는 이름으로 평가절하되기도 하는데요. 그런 과정을 거치면서 꽤나 오랜 시간이 흐른 후에야 비로소 정확한 평가가 남게 됩니다.

'변화가 우리의 삶이나 세상을 얼마나 더 나은 방향으로 이끌고 갈 수 있을까'라는 명제는 혁신과 일탈을 구분할 수 있는 중요한 잣대 중 하나입니다.

그 기준에서라면 이제 와 보건대 화타가 의도했던 외과수술은 시대의 관념과 상식을 뛰어넘은 혁신으로 평가될 수 있을 텐데요.

개정된 선거법을 악용해 만들어낸 거대 양당의 위성정당은 어떤 변화로 평가되어야 할까요?

사표를 줄여 민의를 좀 더 정확하게 결과에 반영하고 거대 양당 구조를 완화하려는 개정 선거법의 취지를 깡그리 왜곡해, 결국 거대 양당 구조를 더욱 굳건히 만드는 데 크게 기여한 위성정당은 일탈로 평가받아 마땅합니다.

카니발 차량에 의한 여객운송을 금지한 입법은 어떤가요?

기사가 딸린 승합차량으로 여객을 운송하는 행위는 예전에 관광산업 진흥을 위해 허용되었던 기사부 승합차 대여에 착안한 것으로 보입니다. 이동통신과 네비게이션이 활성화된 요즘에야 초행길이라도 쉬이 찾아갈 수 있겠습니다만, 예전에는 외국인이나 외지인이 관광을 하고 싶어도 길을 몰라 할 수 없었기 때문에 길을 잘 아는 기사가 승합차를 몰고 와 관광객들을 목적지로 데려다 줄 필요성이 있었기 때문인데요.

'목적에 맞지 않지만 기사부 승합차 대여이니 타다는 불법이 아니다'는 시각과 '택시처럼 여객을 운송하려면 여객 운송면허가 필요한데, 그런 면허도 없이 여객을 운송하니 타다는 여객운수 사업법 위반이다'는 상반된 시각 속에서 검찰은 후자의 시각으로 타다를 기소했습니다만, 1심 법원은 '타다는 모바일 앱을 기반으로 한 일종의 차량대여 서비스'라는 시각에서 무죄를 선고했습니다.

이후 국회는 타다를 금지하는 내용의 법안을 통과시켰지만 개인적으로 이러한 국회의 입법행위는 지나치게 조급했으며 위헌의 소지가 있다고 생각하고, 타다를 혁신이라 단정할 수는 없지만 적어도 국회가 야기했던 변화, 타다의 금지는 일탈이라는 결론을 내리고자 합니다.

백성과 함께 신야로 대피한 유비와
'민식이법'

유비가 촉 땅에 자리 잡기 전 조조로부터 공격을 당하면서 신야를 떠나 백성들과 함께 이동하는 장면이 있습니다.

당시가 전쟁을 하던 시기라는 점을 생각하면 전투력이 있는 대부분의 남자는 병사가 되었을 테니 백성의 대부분은 노인, 아이, 부녀자들이었을 것이고 당연히 이동 속도가 느

---

* 속칭 '민식이법'이 발효될 즈음에 개정의 취지에 공감하나 형의 하한 부분에 다소 우려스러운 부분이 있어 그에 관해 적었던 글입니다.

렸을 겁니다.

양양을 취하라는 공명의 조언에도 불구하고 유비는 이동 속도가 느린 백성과 함께 이동한다는 결정을 내리게 되는데 조조의 공격에서 벗어난다는 목적에 대한 수단의 효율만을 따진다면 백성과 함께하려던 유비의 결정은 분명 최악의 결정입니다만 백성의 존재는 나라의 존립을 위한 불가결한 요소라는 점을 생각하면 장기적으로 가장 근본적이고 효율적인 결정이라고 평가할 수도 있겠네요.

같은 시각에서 아이들은 우리의 현재와 미래에 있어 가장 소중하고 본질적인 존재이고, 아이들을 보호하기 위해 어린이 보호 구역에서 운전자의 과실로 인해 아이가 다치거나 사망하게 되면 형을 가중하도록 한 개정 입법의 취지 역시 충분히 공감할 수 있습니다.

그런데 어린이 보호 구역에서 사고로 아이가 사망에 이른 경우 무기 또는 삼 년 이상의 징역형에 처하도록 한 개정법 중 삼 년 이상의 징역이라는 형의 하한에 대해서는 '과연 적절한가' 하는 의문이 생깁니다.

대부분의 취업 규칙에는 금고 이상의 형 선고가 퇴직 사유로 규정되어 있는데, 벌금형의 선고가 불가능한 형의 하한으로 인해 일단 사고가 발생하기만 하면 사고 운전자가 잘못한 정도를 따질 필요도 없이 무조건 금고 이상의 형을 선고하여야 하고 그 결과 사고 운전자는 직장을 잃을 위험에 처할 수밖에 없습니다.

'집행유예는요?' 네, 금고 이상의 형에 대한 집행을 유예한다는 의미이니 집행유예를 선고받더라도 금고 이상의 형이 선고된 경우에 해당합니다.

'임의적 퇴직 사유라면 반드시 퇴직할 필요도 없고 회사가 문제 삼지 않는다면 걱정할 필요도 없지 않나요?' 네, 그렇게 볼 수도 있겠습니다만 사고 운전자가 반드시 실직의 위험에 처하게 된다는 사실에는 변함이 없습니다.

필요 이상으로 가중된 형의 하한 때문에 사고의 원인이

된 잘못의 정도를 형사책임에 반영할 수 없게 된 그만큼은 죄형법정주의의 정신에 어긋날 뿐만 아니라 처벌만능주의가 전제된 안일한 입법이라는 의심을 지울 수 없습니다.

목문도에서 전사한 장합과
유족급여

장합은 목문도에서 전투 중 사망하였으니 산업재해로 치자면, 장합의 유족이 산재보험금을 연금 또는 일시금의 형태로 받을 수 있을 텐데요. 그런데 유족연금의 수급자와 관련해 현재의 산업재해 보상보험법에 일부 수정이 필요한 부분이 있습니다.

두 가지 상황을 가정해 보겠습니다.

① 산재로 사망한 장합의 유족으로 아내와 어린 자식이 있

는 경우입니다.

② 산재로 사망한 장합의 유족으로 함께 살던 재혼한 아내와 친모와 함께 살고 있는 장합의 어린 자식이 있는 경우입니다. 민법상 이혼한 배우자라도 아이의 친모라는 지위에는 변함이 없습니다.

①의 경우에는 장합의 배우자인 친모가 유족연금을 받으니 그 돈은 산재보험법의 취지대로 온전히 유족의 생계와 아이의 양육에 사용될 수 있습니다.

②의 경우에는 장합과 재혼한 배우자가 유족연금을 모두 받게 되는데, 산재보험법의 취지와 달리 현실적으로 그 돈이 아이의 양육에 사용될 가능성은 희박합니다. 친모와 함께 사는 아이나 재혼한 배우자나 굳이 서로에게 연락하며 지낼 필요도 없고 그렇게 지내는 경우도 거의 없기 때문입니다.

근로자가 사망해 유족연금이 나오는 이유가 남은 가족의

생계와 자녀의 교육을 위해서라면 ②의 경우에도 아이가 유족연금의 혜택을 받을 수 있어야 하지 않을까요?

산재승인 후 뒤따르는 민사소송에서 대법원이 ②의 경우에서 발생한 불합리한 점을 보완하기 위해 '상속 후 공제설'을 취하고는 있습니다만, 여전히 산재로 인한 사망사고가 적지 않고 현실적으로도 이혼과 재혼이 적지 않은 상태에서 친모가 아이를 양육하는 경우가 많다는 점을 고려하면 산업재해 보상보험법상 유족급여 수급권자에 관한 규정은 보완이 필요합니다.

서서와 가족의 의미

관우, 장비, 조운이 있음에도 크게 두각을 나타내지 못하던 유비는 공명을 얻기 전 잠시 서서와 함께했습니다.

신야에서 유비를 도와 상당한 전과를 올리던 서서는 노모의 서신을 위조한 조조의 계략에 속아 조조의 군영에 머물게 되는데요. 유비를 생각하는 마음 때문에 조조 휘하에서

* 유명 가수의 극단적 선택 이후 함께 자랐던 오빠와 어린 시절 이후 연락이 끊어졌던 친모 사이에 벌어진 소송을 보며 적었던 글입니다.

는 단 한 번도 계책을 내지 않았고 나아가 적벽에서 조조군을 몰살시키려는 방통의 계책을 알면서도 그 내용을 조조에게 알리지도 않은 채 마초의 습격을 막는다는 핑계로 적벽을 떠나 버린 인물입니다.

서서의 활약상을 보면 '정말 서서가 노모의 글씨를 위조한 정도의 계략에 속아 유비와 함께하려던 자신의 뜻을 꺾고 조조에게 간 것일까'라는 의문이 생깁니다. 아마 조조의 계략임을 알면서도 조조 수중에 있는 노모를 당장 구할 도리가 없었거나 계략인 줄 알지만 만에 하나 자신이 틀렸을 경우 발생할 수 있는 최악의 사태를 생각해 어쩔 수 없이 조조에게 간 것이 아닐까 하는 생각도 드는데요. 피로 맺어진 부모와 자식 사이이다 보니 노모의 생명에 대한 위협은 남을 위해 내 뜻을 양보하거나 내가 손해를 보는 정도와는 차원이 다른 문제라고 생각하면 서서의 선택을 이해할 수도 있을 것 같습니다.

우리 법 역시 피로 맺어진 인연, 그중에서도 부모와 자식의 사이를 아주 특별하게 보호하고 있습니다. 상속에서의 우선순위, 내 자식이 아니라는 취지로 제기하는 친생부인의 소가 요구하는 엄격한 요건, 친권의 보호, 부모와 자식 사이의 1차적 부양 의무 등에서 그 내용을 확인할 수 있는데요.

그런데 최근에 이르러서는 우리 법이나 판례에서 부모와 자식, 남편과 아내로 대변되는 가족 관계에 관해 약간의 변화가 일어나고 있습니다.

원칙적으로 부부 사이에서는 강간죄가 인정될 수 없습니다. 다만 사실상 혼인관계가 파탄된 경우에는 서류상 법적 부부라도 강간죄를 인정했던 판결이 있었고, 민법상 친양자 제도를 신설해 법률적으로 양부모와의 사이에 친자관계를 성립시키면서 친부모와의 친족관계를 단절시키고 있습니다.

어린 남매를 두고 떠난 후 그들이 다 자라도록 연락조차 없이 지내오던 중 결혼하지 않은 딸이 상당한 재산을 남긴 채 세상을 떠나자, 돌연 남매의 어미라는 사람이 나타나 상속인으로서의 권리를 주장합니다.

우리 민법은 '직계비속-직계존속-형제자매-4촌 이내의 방계혈족' 순으로 상속의 우선순위를 정하고 있기 때문에 위와 같은 사례라면 직계존속인 어미가 직계비속인 자식이나 배우자 없이 사망한 딸의 모든 재산을 상속하게 됩니다.

그러나 어미에게서 버림받은 남매가 세상에서 살아남기 위해 의지하면서 서로에게 진짜 가족이 되어 살아온 세월을 생각하면, 돌연 나타난 어미가 딸이 남긴 모든 재산을 상속하게 된다는 결론을 그냥 받아들이기는 무척 힘듭니다.

앞서 살핀 것처럼 하늘이 맺어준 핏줄이 어떠한 경우에도 최고의 가치여야 하고 절대불변의 진리여야 할 이유는 없습니다. 현재의 상속순위에 관한 규정은 지나온 과거에 관해 전혀 규정하고 있지 않아 그저 핏줄이기만 하면 그 도리를 다하였든 다하지 않았든 곧바로 상속인이 될 수 있도록 하고 있지만, 이런 내용은 우리의 상식에 맞지도 않고 이미 일어나고 있는 변화의 물결과도 맞지 않으므로 가슴이 턱턱 막히도록 불합리한 내용을 시급히 개정할 필요가 있다는 생각이 듭니다.

적토마의 행방과
재물손괴죄

문득 관우가 죽은 후 적토마는 어떻게 되었을까 하는 생각이 들어 적토마에 관해 한번 찾아보았습니다.

연의에서는 동탁-여포-조조-관우-마충 순으로 적토마의 주인이 바뀌었다고 하는데요. 마충에게 맡겨진 적토마는 관우가 죽은 이후 먹이를 먹지 않다가 관우를 따라 죽었다고 합니다. 함께 전장을 누비며 교감했던 시간을 생각하면 그럴 수도 있겠다는 생각이 듭니다.

동물 애호가들이나 반려동물과 함께하는 사람들의 생각과 달리 우리의 형법은 동물을 물건으로 보고 있는데, 구체적으로 물건의 의미가 무엇인지, 동물을 물건으로 보는 태도는 합당한지 한번 살펴볼까 합니다.

형법상 타인의 반려동물을 고의로 죽이거나 숨기게 되면 재물손괴죄가 성립합니다. 여기서 재물은 '유체물뿐만 아니라 관리할 수 있는 동력'을 의미합니다만, 개인적으로 위와 같은 재물의 개념은 반려동물이 일반화된 현재의 상황과는 다소 거리가 있다는 생각을 하고 있습니다.

교감은 생명체 사이에서 가능하고, 유체물에는 생명이 있는 유체물과 생명이 없는 유체물이 있어 사람과 교감하는 반려동물을 생명이 없는 단순한 물건과 동일하게 볼 수 없으며, 단순히 물건을 파괴하는 행위와 생명을 인위적으로 단절시키는 행위의 규범적 가치에도 큰 차이가 있기 때문입니다.

앞서 적은 차이를 고려해 동물의 생명을 빼앗는 행위에

대해 단순한 재물손괴죄가 아닌 형이 가중된 형태의 손괴죄를 규정할 필요가 있습니다.

물론 형법이 아닌 동물보호법이 제8조에서 '동물학대 등의 금지'를 규정하면서 제8조를 위반하여 동물을 학대한 사람에 대해 이 년 이하의 징역 또는 이천만 원 이하의 벌금에 처하도록 규정하고 있습니다만 손괴죄에 규정된 삼 년 이하의 징역 또는 칠백만 원 이하의 벌금과 비교해볼 때 동물보호법의 이 년 이하 징역이라는 부분은 손괴죄의 삼 년 이하 징역이라는 부분보다 오히려 가벼워 동물보호법이 생명침해라는 불법의 양을 온전히 처벌에 반영하였다고 보기도 어렵습니다.

동물보호법의 존재에도 불구하고 여전히 가중된 형태의 손괴죄에 관한 논의가 필요한 이유입니다.

남변의 세삼스러운 법 이야기

© 남민준

1판 1쇄 발행 ∣ 2023년 3월 17일

지은이 ∣ 남민준
펴낸이 ∣ 정홍수
편집 ∣ 김현숙 이명주
펴낸곳 ∣ (주)도서출판 강
출판등록 ∣ 2000년 8월 9일(제2000-185호)

주소 ∣ 서울시 마포구 동교로17안길 21 (우 04002)
전화 ∣ 02-325-9566
팩시밀리 ∣ 02-325-8486
전자우편 ∣ gangpub@hanmail.net

값 13,000원
ISBN 978-89-8218-316-4   03810